FVA

Stuart Evers

ZEHN GESCHICHTEN ÜBERS RAUCHEN

Roman

Ins Deutsche übertragen
von Andrea Fischer

FRANKFURTER VERLAGSANSTALT

Titel der Originalausgabe
TEN STORIES ABOUT SMOKING
© Stuart Evers, 2011

© der deutschen Ausgabe
Frankfurter Verlagsanstalt GmbH, Frankfurt am Main 2011
Alle Rechte vorbehalten
Herstellung und Umschlagsgestaltung: Laura J Gerlach
Umschlag: Gemälde von Florian Heinke, Structure of Death. 2011
Satz: psb, Berlin
Druck und Bindung: GGP Media GmbH, Pößneck
Printed in Germany
ISBN: 978-3-627-00176-6

Für meine Mutter –
die mir einmal sagte, dass zu einer Geschichte mehr gehört
als zwei Menschen, die miteinander reden.

Inhalt

Ein großes Projekt

In der Diele des Hauses meiner Großmutter stand ein verglaster Bücherschrank voller schöner Romane. Seit dem Tod meines Großvaters waren sie hinter Glas geblieben, wurden nur dann der Luft ausgesetzt, wenn sie die Regale abstaubte. Die Bücher hatten so phantasievolle Titel, so bunte Einbände, dass ich mich nicht zurückhalten konnte. Sobald meine Großmutter eingeschlafen war, stahl ich mich in den Flur, schob die Glasscheiben zur Seite und erschauderte wegen des staubigen Büchergeruchs dahinter.

Als ich ungefähr vierzehn war, wurde ich auf frischer Tat ertappt, im Schneidersitz, zwei Romane von Leslie Charteris neben mir und *Die Mörder von der Teufelsinsel* aufgeschlagen im Schoß.

»Die sind nichts für dich«, sagte meine Großmutter und nahm mir das Buch aus den Händen. Sie hielt es mit gestrecktem Arm von sich, so als verpeste es das Haus. »Keins von denen ist geeignet, schon gar nicht dies hier. Bevor dein Großvater von uns ging, sagte er mir, ich könne jedes seiner Bücher lesen, nur das eine nicht.«

Sie beugte sich vor und schloss das Buch hinter Glas ein.

»Und, hast du's trotzdem getan?«, fragte ich.

»Natürlich«, erwiderte sie entrüstet. »Und ich hätte besser auf ihn gehört. Es ist der letzte Schund.«

***

Kurz bevor mein Vater starb, unterrichtete ich ihn von meiner Absicht, einen Familienstammbaum zu erstellen. Ich nahm an, dass er trotz seines geschwächten Zustands begeistert von dem Vorhaben sein würde. Doch mit Speicheltropfen auf den Lippen teilte er mir in aller Deutlichkeit mit, was er von Ahnenforschung hielt: »Was brauchst du anderes zu wissen, als dass ich dein Vater bin und deine Mutter deine Mutter ist?«, sagte er in seinem Krankenhaushemd, als sei das Thema damit ein für alle Mal beendet. Auf seinem Sterbebett musste ich ihm erneut das Versprechen geben, die Vergangenheit ruhen zu lassen; dasselbe verlangte meine Mutter, als ihre Zeit gekommen war.

Nachdem Mutters Beerdigung organisiert, der Gottesdienst gehalten und die rechtlichen Fragen geklärt waren, fiel ich in ein tiefes Loch. Eine Leere überwältigte mich. Ich dachte an keinen der beiden, weder tot noch lebendig, kümmerte mich aber pflichtschuldig um ihre Gräber. Selbst meine Arbeit, die mich lange aufrecht gehalten hatte, konnte mich nicht aufmuntern. Ich kam zu dem Schluss, dass ich nur dann aus meiner Lethargie herausfinden konnte, wenn ich irgendein sinnvolles Unternehmen beginnen würde, ein großes Projekt.

Ich besuchte einen Abendkurs, um Japanisch zu lernen, stellte aber fest, dass mir die Gesellschaft anderer nicht sonderlich behagte, ebenso wenig wie die unvertrauten Schriftzeichen. Online-Schach beschäftigte mich eine Zeitlang, aber ich besaß nicht die rechte Geduld, mich vollständig auf das Spiel zu konzentrieren. Langlauf war strapaziös und verursachte Schlafprobleme. Wider besseres Wissen traf ich mich mit einigen Internet-Bekanntschaften und schlief mit einer Frau. Als es vorbei war, weinte sie sich an meiner Schulter aus und versprach, mich anzurufen, tat es aber nie. Das alles war nichts für mich.

Dann eines Nachmittages machte ich in der Garage eine Entdeckung: eine in mehreren Schachteln versteckte Sammlung von Fotografien. Manche Bilder lose, andere in Alben geklebt, wieder andere noch in ihren Papiertaschen. Ich schaffte sie ins Wohnzimmer und machte mich in den folgenden Wochen daran, sie zu katalogisieren, zu beschriften und in den Computer einzuscannen, um ihr Überleben selbst für den Fall zu garantieren, dass jemand das Haus abfackeln oder eine Bombe darauf fallen sollte. Es war eine ruhige, ereignisarme Tätigkeit, die mir jedoch eine Fülle angenehmer Aufgaben bot: Zeitleisten mussten gezeichnet, Daten geschätzt und Orte bestimmt werden. Die Verwaltung war erfreulich aufwendig, und das Blättern durch jene verblassten Aufnahmen vom Wohnwagenurlaub in Tenby oder dem Zelten in Frankreich rief in mir Erinnerungen an glücklichere, erfülltere Tage wach.

Nach drei Monaten hatte ich zwölf gleich ausgestattete, chronologisch geordnete Fotoalben beisammen. An den folgenden Abenden arbeitete ich mich durch sämtliche Bände, fügte hier und da ergänzende Kommentare hinzu, konnte jedoch ein wiederkehrendes Gefühl des Fehlens nicht abschütteln.

Als keine Einträge mehr hinzuzufügen waren, begann ich mich nach weiteren Fotos umzusehen. Eines Nachts packte es mich, und ich stellte das ganze Haus auf den Kopf. Um vier Uhr morgens stocherte ich mit einer Taschenlampe auf dem Speicher herum, versessen darauf, etwas zu finden, das ich katalogisieren konnte. Um fünf Uhr wurde ich schließlich fündig: ein schwerer Koffer in der hintersten Ecke eines engen Kriechbodens. Darin lagen, zusammen mit mehreren modrig riechenden Papieren, eine Pornozeitschrift von 1972 und ein dicker Packen Fotos.

***

Da hatte sich einer als Fotograf verwirklicht: die schwarzweißen und die verblichenen farbigen Bilder hoben sich von den laienhaften Schnappschüssen in meinen Alben unten deutlich ab. Sie waren arrangiert, ausgewogen; alle fokussiert auf den jugendlichen Schmollmund meines Vaters. Auf den frühen Fotos ist er allein, später ist eine junge Frau an seiner Seite, fast ein Mädchen noch, in Minikleid und mit Sonnenbrille. Auf einigen Fotos küssen sich die beiden, auf anderen ist er bis zur Taille nackt, einmal legt sie die Hand auf seine Brust. Das Mädchen hat ein wenig Ähnlichkeit mit Jean Shrimpton, nur mit einem leicht schiefen Mund.

Es waren an die fünfzig Bilder: Fotos von dem Paar an einen Ford Corsair gelehnt, eins mit den beiden auf einer Vespa, mein Vater ohne Helm, das Mädchen auf dem Sozius. Dann noch verschiedene Innenaufnahmen: Porträts von ihr und ihm auf einem Messingbett inmitten von Flickenteppichen und Kissen, und dann ein Foto nur von ihr, oben ohne, die Hände auf dem schwangeren Bauch. Auf dem nächsten Bild hat die junge Frau ein Kind im Arm, dann liegt das Kind in den Armen meines Vaters.

***

Ein Geheimnis, das mein Vater fast vier Jahrzehnte mit sich herumgetragen hatte, wurde in nur zwei Tagen vollständig aufgedeckt. Die Leistung eines ganzen Lebens, zerstört von Computern und Datenbanken.

***

Ich sammelte so viele Informationen wie möglich, dann rief ich einen Privatdetektiv an. Zwei Tage später tauchte er bei mir zu Hause auf und nannte mir den Namen Jimmy Tanner sowie die Adresse einer Bar in Benidorm. Der Detektiv sah anders aus, als ich erwartet hatte, weder ein Sam Spade im schnittigen Anzug noch ein Columbo im zerknitterten Trench. Er wirkte völlig normal, war gewöhnlich gekleidet in Jeans und Pullover. Falls irgendetwas an ihm besonders war, so waren es seine überschatteten Augen. Ich fragte mich, was er an einem Tag so alles sah und ob ihn seine Arbeit immer noch faszinierte.

Ich schaute ein zweites Mal auf den Zettel und bot ihm eine Tasse Tee an. Zu meiner Überraschung sagte er Ja. Ich wärmte die Kanne vor, und wir tranken den Tee am runden Tisch in der Küche. Sonst nutzte ich ihn nie, es kam mir sonderbar förmlich vor, als seien wir zwei alte Damen, die den örtlichen Tratsch austauschten.

»War es schwer, ihn zu finden?«, fragte ich und reichte ihm ein Plätzchen. Der Detektiv – Andy – nahm es und schüttelte den Kopf.

»Man gewöhnt sich an so was, Mr Moore. Manche Menschen machen es sich zur Aufgabe, nicht gefunden zu werden. Ihr Bruder gehört nicht dazu. Armee, ehrenhafte Entlassung, dann Spanien. Simpel.«

»Er war in der Armee?«

»Ja, und zwar nicht wenige Jahre. Ich persönlich verstehe ja nicht, wie die Leute das aushalten. Bei der Polizei war es schon schlimm genug.«

»Sie waren bei der Polizei?«

»Die meisten Privatdetektive waren früher Bullen. Sie brauchen danach irgendetwas, das sie davon abhält, den ganzen Tag zu trinken.« Er lachte. »War nur ein Witz.«

Ich lachte ebenfalls und trank einen Schluck Tee. Kurz erlaubte ich mir die Vorstellung, wie es wohl wäre, der Partner dieses Detektivs zu sein, ein zweiter Schnüffler, der bei Beschattungen Donuts aß und den Spuren vermisster Personen nachjagte. Andy und ich wären ein klasse Team, dachte ich.

»Fehlt sie Ihnen?«, fragte ich. »Die Polizei, meine ich.«

»Mir fehlt so manches, Mr Moore, aber die Polizei gehört nicht dazu. Es gibt jetzt keinen Papierkram mehr zu erledigen, keine Sesselfurzer mehr, die mir Anweisungen geben, keine Lamettaträger, die sich einbilden, alles zu wissen. Es gibt nur noch mich, mein Büro, meinen Computer und einen Fotoapparat. Manchmal hat man schlechte Nachrichten zu überbringen, aber meistens sind es eher gute«, sagte er und lächelte. »So wie heute.«

***

Ich buchte ein Reisepaket und flog bei der nächsten sich bietenden Gelegenheit nach Spanien. Die Frau im Reisebüro wollte mir andere Ziele empfehlen, Orte, die ihrer Meinung nach für einen Alleinreisenden wie mich besser geeignet wären, gab aber nach, als ich ihr sagte, ich würde Verwandte besuchen. »Das ist aber schön«, sagte sie. »Ich wollte nur nicht, dass Sie enttäuscht sind, verstehen Sie.«

Ich machte mir da keine Illusionen. Meine einzigen Erfahrungen mit Spanien hatte ich auf zwei Geschäftsreisen gesammelt, eine nach Valencia und eine nach Barcelona; Städte, deren Sehenswürdigkeiten, Restaurants und Kultur ich sofort verfiel. Doch ich hatte oft genug im Spätprogramm Sendungen über Briten im Ausland gesehen, um zu wissen, was ich in Benidorm zu erwarten hatte.

Der Bus fuhr uns durchs Stadtzentrum, durch heruntergekommene Straßen und Massen von Menschen, vorbei an schreiend bunten Schildern und grellen Plakatwänden. Es war, als hätte sich eine komplette britische Vorstadt betrunken, sei umgekippt und an der spanischen Küste wieder aufgewacht. Als ich schließlich den Apartmentkomplex erreichte, konkurrierte das Gekreische vom Swimmingpool mit der gleichmäßig hämmernden Musik aus einer Bar auf der anderen Straßenseite. Es gab kein Entrinnen, nicht mal in meinen Zimmern; wohin ich auch ging, die Luft war voller Hitze und Lärm.

An jenem ersten Nachmittag öffnete ich die Tür zu meinem Apartment, warf meine Tasche auf den Boden, stellte die Klimaanlage an und schlief unter ihren schnaufenden Lüftungsschlitzen ein. Frierend und steif erwachte ich, der Mund war trocken und rissig. Im winzigen Kühlschrank war nichts, und da ich mir unsicher war, ob man das Leitungswasser trinken durfte, riskierte ich einen Gang nach draußen in die Geschäfte.

Im örtlichen Supermarkt kaufte ich Wasser und Wein, einen Laib Brot und löslichen Kaffee. Die Beleuchtung war viel zu hell, selbst hinter den Gläsern meiner Sonnenbrille taten mir die Augen weh. Die ausgelegten Waren waren mir zum größten Teil bekannt, hin und wieder war eine unbekannte spanische Marke darunter, zweifellos, um die Einheimischen zu besänftigen. Die Einkaufenden waren entweder Engländer oder Deutsche, sie führten sich entsetzlich laut auf. Ich zahlte für meinen Einkauf und sagte *gracias*. Das Mädchen an der Kasse starrte mich an, als wollte sie mich warnen, bloß nicht so anzugeben.

Ich kehrte ins Apartment zurück und trank auf dem Balkon ein Glas Wasser und ein Glas Wein. Auf dem kleinen Plastiktisch breitete ich einen Stadtplan aus und versuchte herauszufinden, wo sich die Bar meines Bruders befand, *The Throstles' Rest*. Mein Blick wanderte über die Stadt, über die pulsierenden Lichter in Neonpink und Neongrün, und langsam begann ich mich zu entspannen. Die Schreie vom Pool wurden leiser, eine Brise pfiff am Saum meiner Hose entlang. Ich fragte mich, was mein Bruder wohl in diesem Moment machte, wie seine Bar so war. Ich hoffte, später mit ihm auf dem Balkon ein Glas Wein trinken, vielleicht sogar über unseren Vater sprechen zu können.

***

Ich schlief lang und frühstückte draußen; die Sonne war bereits sengend heiß. Ich flüchtete mich in den Schatten und las einen Roman, den ich am Flughafen gekauft hatte. Er handelte von einem Mann, dessen Bruder ein Serienkiller war; ein privater Scherz für mich. Um sieben Uhr abends trank ich ein Glas Wein, duschte, zog mich an und ging in die Stadt.

Die Hauptstraße mit Kneipen, Nachtclubs und Restaurants war prall gefüllt mit Menschen. Es stank nach Sonnencreme, Hamburgern und verschüttetem Bier. Ich spazierte vorbei an Fangesängen und Sportklamotten, Bikinirändern und Tätowierungen, wich den hübschen Mädchen mit den Silbertabletts voller Schnapsgläser aus. Vor einer Kneipe namens *Susan's* gab ich mich schließlich geschlagen, bestellte einen Tequila und stürzte ihn hinunter. Ich fühlte mich rotgesichtig und angetrunken. Schließlich fand ich die richtige Seitenstraße und bog erst links, dann rechts ab.

Das *Throstles' Rest* war nur wenig mehr als ein Schuppen mit Plastikfenstern und einer kleinen Terrasse, aber genauso gut besucht wie viele andere Läden auf der Vergnügungsmeile. Es lief keine Musik, man hörte lediglich die schrille, traurige Stimme eines Mannes, der Bingozahlen ausrief.

Ich steckte den Kopf hinein und sah mich in dem überfüllten Raum um. Unmöglich zu sagen, ob mein Bruder da war. Eine Frau mit einem Tablett kam auf mich zu. »Tut mir leid, mein Lieber«, sagte sie in breitem Yorkshire-Akzent. »Bingo-Abend. Geht bis zehn, wenn Sie noch mal wiederkommen wollen.«

***

In einem kleinen Restaurant bestellte ich eine Paella und wurde mit einem gewaltigen Teller belohnt, den ich Mühe hatte zu leeren. Ich war der Einzige, der allein aß, und während ich speiste, kamen zwei Musiker auf die Bühne, um den Gästen ein Ständchen zu bringen. Ein Pärchen – sie wurden als Mr und Mrs Wright vorgestellt, die ihren sechzigsten Hochzeitstag feierten – tanzte langsam zu »Can't Take My Eyes Off You«.

Die Kellnerin kam und räumte meinen leeren Teller ab. »Ich habe Ihnen eine extragroße Portion gegeben«, sagte sie. »Sie sehen aus, als könnten Sie's gebrauchen.« Ich lachte und zahlte die Rechnung. Eine Stunde musste ich laufen, bis sich das Völlegefühl im Magen gelegt hatte.

Um halb elf war ich wieder im *Throstles' Rest*. Es war ruhiger als zuvor, obwohl immer noch einige beleibte Männer und Frauen um die Holztische saßen. Innen war es kühl, aus der Anlage kam Musik der Sechzigerjahre. Ich setzte mich, und die Frau, die mich schon vorher angesprochen hatte, stellte eine Schale Erdnüsse auf den Tisch.

»Schön, dass Sie noch mal gekommen sind, mein Lieber. Was kann ich für Sie tun?«

Ich bestellte ein Glas Wein mit Eiswürfeln und schaute mich um, um herauszufinden, ob irgendjemand wie ein ehemaliger Armeeangehöriger aussah. Es gab nur einen. Er saß am äußersten Ende der Theke, ein Mann mit einem schweren Körper, der wohl mal kräftig gewesen, aber dann dick geworden war. Er unterhielt sich mit niemandem, sah nicht von seinem Glas auf. In seiner Hand brannte eine Zigarette. Über eine Stunde lang beobachtete ich ihn. Als ich gehen wollte, blickte er kurz auf, fast so, als sei er gerade aufgewacht. Sein Bild im Spiegel hinter der Theke sagte mir alles, was ich wissen musste.

***

Am nächsten und übernächsten Tag ging ich wieder in die Bar. Er war immer da, aber es ergab sich für mich nie so recht die Gelegenheit, mit ihm zu sprechen. Stattdessen beobachtete ich ihn aufmerksam, versuchte, mir einen genaueren Eindruck zu verschaffen. Er schien nie zur Toilette zu gehen, wirkte nie betrunken – obwohl er den ganzen Tag über gleichmäßig trank –, und wenn er sprach, was nicht oft vorkam, dann mit leiser Stimme.

Am sechsten Tag der Beschattung sah ich meine Chance. Zum ersten Mal war der Barhocker neben ihm frei. Ich fragte ihn, ob ich mich setzen könne, und er machte eine einladende Geste. Vor ihm glommen sechs Zigaretten in einem schwarzen Plastikaschenbecher. Er nahm eine nach der anderen, zog daran, legte sie zurück und griff nach der nächsten. Er arbeitete gegen den Uhrzeigersinn, dann im Uhrzeigersinn, dagegen und wieder damit. Er rauchte die sechs Zigaretten bis zum Filter, dann entzündete er die nächsten sechs und ordnete sie auf dieselbe Weise im Aschenbecher an.

»Stört dich das?«, fragte er leise.

»Wie bitte?«, sagte ich.

»Das Rauchen«, sagte er, »stört dich das?«

»Nein«, sagte ich, »nein, überhaupt nicht.«

Er brummte und trank einen schnellen Schluck Bier, dann drehte er sich zu mir um und sah mir in die Augen.

»Das hier ist die von Charlie«, sagte er, nahm eine Zigarette und zog daran. »Die ist von Davey, und das ist Butchers, die ist von Damo und die von Steve. Und die Letzte da ist meine, siehst du?«

Mein Weinglas schwebte auf halbem Weg zu den Lippen.

»Die Falklands, hm?«, sagte er und nahm Daveys Zigarette. »Kannst du dich an die Falklands erinnern?«

»Ja, sicher«, sagte ich. Er nickte und wandte sich wieder seinem Glas zu.

***

Auch am folgenden Tag war der Barhocker frei. Ich setzte mich darauf, und diesmal schaute Jimmy von seinem Aschenbecher voller Zigaretten auf. Er hatte derart Ähnlichkeit mit meinem Vater, dass ich ihn am liebsten in den Arm genommen hätte. Aber in seinem Blick war eine Dumpfheit, so als gebe es nichts, was er nicht gesehen hätte, und nichts, was er nicht tun könnte.

»Wieder da?«

»Ja«, sagte ich. »Gefällt mir hier.«

»Ist ein Drecksloch«, sagte er und nahm Butchers Zigarette.

»Ich mag die Musik«, erwiderte ich.

Er schnaubte verächtlich und warf mir einen kurzen Blick zu. Dann legte er Butchers Zigarette ab und nahm die von Damo.

»Du bist der Typ, der glaubt, ich sei sein Bruder, stimmt's?«

Ich blickte auf das schwitzende Weinglas vor mir. Er legte Damos Zigarette ab, nahm die von Steve und zog daran. Ich nickte.

»Geh nach Hause«, sagte er, legte Steves Zigarette ab und

griff zu seiner eigenen. »Ich brauche nicht noch mehr Brüder.«

»Du hast Brüder?«

Er drehte sich mir zu, sein Gesicht rot und eindringlich.

»Verschwinde aus meinem verdammten Laden«, sagte er.

***

Meinen letzten Urlaubstag verbrachte ich im Apartment,
lauschte dem Geschrei der Kinder und den Ermahnungen
der Eltern. Ich saß unter der Klimaanlage, hörte mir aufmerksam die Gespräche an, jedes Seufzen, jede geräusch-
verstärkte Streitigkeit. Ich hörte, wie die Familien abends
das Gelände verließen, Väter und Mütter sonnentrunken,
die Kinder lieferten sich Wettrennen auf der Straße, Hupen
meckerten über ihre Dummheit. Ich packte erst im letzten
Moment, stopfte T-Shirts und Shorts in meinen Koffer.

In der kühlen Abendluft dachte ich immer wieder darüber
nach, was die Kellnerin – Jimmys Frau – zu mir gesagt hatte,
als sie mich beim Verlassen der Kneipe abfing.

»Ich frag nie groß danach, wer an was schuld ist«, sagte sie,
»ich denke, jeder macht's halt im Leben, so gut er kann.
Aber Jimmy? Er gibt seinem Alten die Schuld an allem. Er
sagt, er hätte sich nur deshalb bei der Armee gemeldet, weil
euer beschissener Vater ihn nicht besuchen kommen wollte.
Und er ist überzeugt, dass diese Jungs immer noch gesund
und munter wären, wenn er sich nicht verpflichtet hätte. Er
gibt sich selbst die Schuld, Jimmy, aber noch mehr Schuld
gibt er eurem beschissenen Vater. Jeden Tag spielt er durch,
was passiert ist, nachts hat er Alpträume davon. Und falls
das noch nicht reicht, falls das noch nicht schlimm genug
für ihn ist – und übrigens auch für mich –, taucht ihr ständig hier auf und erinnert ihn daran.«

»Was meinst du mit ›ihr‹?«, fragte ich. »Wer soll das sein?«

Sie sah mich an, als würde ich sie auf den Arm nehmen.

»Na, du bist ja wohl nicht der Erste, ja? Ich meine, wie viele gibt's überhaupt von euch?« Sie wandte sich ab, ohne eine Antwort abzuwarten.

***

Ich flog nach Hause. Eine Woche verging, mein Sonnenbrand verblasste schnell. Ich nahm mir einige Tage frei – man zeigte Verständnis – und verbrachte sie in Bibliotheken und Archiven. Innerhalb einer Woche hatte ich sechs wahrscheinliche Geschwister aufgespürt – vier Brüder und zwei Schwestern –, und es gab noch verschiedene andere mögliche Spuren.

Ich trug alle Namen zusammen, die Namen ihrer Mütter und die Nachnamen, schrieb sie in Notizblöcke, tippte die Ergebnisse in den Computer. Er war gewaltig, dieser Stammbaum, er hatte unzählige Äste, aus denen weitere Zweige und Bäume sprossen, Ableger, die über das Blatt hinausrankten. Es war eine Aufgabe, größer und fordernder, als ich mir je hätte vorstellen können.

Hier wirkt alles so weit weg

Es gefiel Linda, wie sich die Auffahrt ihres Bruders unter den Füßen anfühlte. Die kleinen Kiesel knirschten bei jedem Schritt fest und befriedigend, ein gleichzeitig aristokratisches und verbotenes Geräusch, so als wäre sie heimlich über einen schmiedeeisernen Zaun in die Gartenanlagen eines Herrenhauses geklettert. Sie ließ ihre Zigarette fallen, trat sie mit dem Stiefelabsatz aus und sah auf die Uhr. Es war deutlich später als erwartet, doch sie glaubte nicht, dass es etwas ausmachte.

Die Auffahrt knickte nach rechts ab und gab den Blick frei auf die weiß verputzte Fassade von *The Gables*. Es war ein eindrucksvolles Gebäude. Vor der Veranda glänzten drei stupsnasige Fahrzeuge wie frisch aus der Fabrik. Als Linda an ihnen vorbeiging, kämpfte sie gegen das Bedürfnis, Steinchen gegen den spiegelnden Lack zu kicken oder ihren kleinen Rucksack in die Außenspiegel zu schleudern.

In einem der Fenster blitzte es auf, dann sah Linda, wie die schwere Haustür sich öffnete. Wie aus dem Nichts kam Poppy – die sechsjährige Tochter von Daniel und Christina – auf Linda zugestürzt, vom Hals bis zu den Füßen in Blassrosa gekleidet. Linda setzte den Rucksack ab, breitete die Arme aus und fing das Kind vor ihrem Bauch aus vollem Lauf auf.

»Tante Linda, du bist zu spät«, sagte Poppy.

»Und du bist hässlich«, erwiderte Linda und zog an Poppys Zöpfen.

Die Kleine lachte und zerrte die sich gespielt sträubende Linda unter größter Anstrengung auf das Haus zu. Sofort begann Poppy, von ihren Ponys und den Spielen zu erzählen, die sie ihrer Tante vorführen wollte, von dem Kleid, das Daddy ihr gekauft hatte, von den Puppen, denen sie die Namen Patch, Ginger und Prinzessin Lily gegeben hatte. Bei

25

Poppys Geplapper kam Linda der Gedanke, wie schade es war, dass sie bei Menschen ihres Alters nicht dieselbe Begeisterung hervorrief.

»Hallo!«, sagte Daniel, gegen den Türrahmen gelehnt. Linda ließ sich leichthin einen Kuss von ihm geben, während Poppy vor sich hin schwatzte und am Arm der Tante zog, als wollte sie eine Kirchenglocke läuten.

»Lass Tante Linda in Ruhe, Poppy«, sagte Daniel, sah seine Schwester an und verdrehte die Augen. »Ist das alles, was du dabei hast?« Er wies auf ihren Rucksack.

»Du kennst mich doch«, sagte sie. »Ich bin immer mit wenig Gepäck unterwegs.«

»Darf ich Tante Linda mein Zimmer zeigen, Daddy? Darf ich, Daddy? Bitte!«, flehte Poppy, und für einen Moment war Linda gerührt; der bettelnde Gesichtsausdruck ihrer Nichte erinnerte sie an den ihres Bruders, als er klein war.

»Später, Püppchen«, sagte Daniel. »Lass Tante Linda erst mal ankommen.« Er warf seiner Schwester ein verschwörerisches Lächeln zu, dann beugte er sich zu seiner Tochter hinunter. »Ich hab eine Idee: Warum übst du nicht noch mal das Spiel, das du Tante Linda zeigen wolltest? Du weißt schon, das mit all deinen Puppen.«

Poppy überlegte, dann verschwand sie hastig in der Dunkelheit des Hauses, rief ihnen im Weggehen noch etwas Unverständliches zu.

»Normalerweise ist sie in Gegenwart von Erwachsenen eher zurückhaltend«, sagte Daniel, »aber dich liebt sie einfach. Als ich ihr erzählte, dass du kommen würdest, fing sie an, die Tage zu zählen. Als ich sie gestern Abend ins Bett brachte, sagte sie: ›Nur noch einmal schlafen, dann ist sie da!‹« Zärtlich drückte er Lindas Arm. »Du bist total gefragt, Schwesterchen.« Und als er wieder lächelte, wirkte sein Gesicht aufgedunsen und gealtert. Linda biss sich auf die Unterlippe.

Daniel nahm ihren Rucksack, dann rieb er sich die Hände. Es war eine ihr vertraute Geste, etwas, das irgendwie auf der männlichen Seite der Familie fortbestand. Linda konnte sich erinnern, wie Onkel Ron sich die Hände gerieben hatte, bevor er Würstchen und Burger auf dem Grill verkohlen ließ, oder ihr Vater, bevor er an Weihnachten den Truthahn anschnitt.

»Christina ist noch kurz weggefahren und holt ein paar Sachen für heute Abend. Wollen wir uns das Haus nicht erst später ansehen und jetzt erst mal im Garten was trinken?«, fragte Daniel. »Es ist so schönes Wetter, wäre schade, es nicht auszunutzen, oder?«

»Hört sich gut an«, sagte Linda.

***

Linda konnte das Gefühl nicht abschütteln, gekränkt worden zu sein. Sicher, sie wollte gerne etwas trinken, es war wirklich ein toller Spätsommertag und sie hatte keine große Lust, durch Daniels weitläufiges Haus zu spazieren, doch trotzdem wollte sie, dass ihr dieselbe Achtung entgegengebracht wurde wie den Menschen, die *The Gables* ihrer Meinung nach sonst besuchten: Anwälte, Landschaftsgärtner, Schmuckdesigner, solche Leute halt. Wenn die kamen, war Christina mit Sicherheit nicht gerade weg, um »ein paar Sachen« zu holen. Dann reichte sie zweifelsohne in lässiger, aber eleganter Kleidung Sektflöten mit eisgekühltem Champagner herum und ermutigte ihre Gäste, sich bei den Canapés auf den Silbertabletts zu bedienen.

Linda schluckte ihren Ärger herunter und zählte ihre Atemzüge. Im Flur war es dunkel, an den Wänden hingen Tapisserien, die Bodendielen waren klar lackiert. Es war still und kühl, wie im Museum einer belgischen Provinzstadt, stellte sich Linda vor. Das Haus hatte einen stimmigen, gediegenen Stil; es gab keine Poster, keine mit Knetgummi befestigten Konzertkarten oder gelbe Post-it-Zettel an den Wänden. Obwohl Linda achtunddreißig war – zwei Jahre älter als Daniel und Christina –, fühlte sie sich sofort fehl am Platz und unreif.

Ihre Doc Martens quietschten über den Steinboden in der Küche – die länger und breiter war als ihr möbliertes Zimmer in Camberwell – und kamen draußen auf der Terrasse zur Ruhe. Ein weitläufiger Rasen, so grell leuchtend und gepflegt wie ein Bowlinggrün, erstreckte sich bis zu einer akkurat getrimmten Hecke und einem Gatter aus fünf Querstangen, hinter dem zwei rotbraune Ponys grasten. Rechts war ein Schwimmbecken, in dem aufblasbares Spielzeug wippte.

»Setz dich doch«, sagte Daniel und deutete auf eine der gepolsterten Holzliegen. »Ich bringe deinen Rucksack nach oben und hol dir was zu trinken. Was möchtest du denn? Tee, Kaffee, Wein, Bier, Wodka ...«

»Bier wäre schön, danke.«

»Was denn für eins? Ich habe ein ganz tolles aus einer winzigen Brauerei hier in der Nähe oder auch ...«

»Ein normales Bier tut's schon, Daniel«, sagte Linda lächelnd.

»Recht hast du«, sagte er und rieb sich noch mal die Hände, bevor er ins Haus ging.

***

Linda saß da und schloss die Augen. Sie hörte das Vogelgezwitscher und das Rascheln der Bäume und nahm einen leicht säuerlichen Geruch aus ihrem Kleid wahr, den auch das beste Deo nicht hätte übertünchen können. Kurz hatte sie das Gefühl, in tiefen Schlaf zu fallen, wurde aber vom Schnauben eines Ponys aufgeschreckt. Linda öffnete die Augen und sah zu, wie sich die Tiere aneinander rieben, dann schaute sie zum Schwimmbecken hinüber. Die leichte Brise trieb einen aufblasbaren Stuhl übers Wasser, auf dessen Armlehne ein Badeanzug lag.

Daniel kam mit den Getränken und einer blau glasierten Terracottaschale zurück. »Für dich«, sagte er. »Du rauchst doch noch, oder?«

»Schlechte Angewohnheit«, erwiderte Linda und holte die Zigaretten aus ihrer Jeanstasche.

»Es wäre uns allerdings lieber, wenn du das nicht vor Poppy tun würdest. Verstehst du bestimmt.«

»Klar«, sagte Linda und hatte schon eine Zigarette zwischen den Lippen. Sie zündete sie an und trank einen Schluck Bier. Es schmeckte gut, viel besser, als sie gedacht hatte. Daniel wedelte den Qualm mit der Hand beiseite – noch so ein Tick, den er aus der Jugend beibehalten hatte. Linda tippte die Asche in die Terracottaschale und entspannte sich ein wenig. Sie war dankbar für sein Entgegenkommen; sie hatte befürchtet, zum Rauchen das Grundstück verlassen zu müssen, so wie in der Klinik.

»Und?«, sagte Daniel. »Wie geht's dir?«

»Gut, Daniel. Ein bisschen angeschlagen, ein bisschen müde, aber ganz in Ordnung.«

»Du nimmst es einfach, wie es kommt, oder?«

»Wüsste nicht, was ich sonst tun sollte.« Linda sah die Erleichterung in seinen Augen: Dankbarkeit, dass er dieses erste, schwierige Thema nun abgehakt hatte. Dann erzählte ihr Bruder ungezwungen von den Freuden des Vaterseins, von Poppys lustigen Sätzen. Linda lachte oder lächelte bei jeder Anekdote, auch wenn es berechenbarer Fäkalhumor war. Mehrmals erinnerte Daniel seine Schwester daran, wie sehr sich Poppy auf ihren Besuch gefreut hatte; dann schaute Linda zu Boden, geschmeichelt und noch immer ungläubig.

* * *

Sie hatte Poppy nur bei wenigen Gelegenheiten gesehen, immer im Haus ihrer Eltern in Ashford. Jedes Mal hatte sich das Kind geweigert, von Lindas Seite zu weichen. Vielleicht war es ihre rosa Haarsträhne, die Löcher in ihrer Jeans oder ihre tiefe, brummende Singstimme gewesen, die an einen Mann erinnerte; woran auch immer es lag – Poppy war verzaubert und Linda verwirrt.

Zum Geburtstag der Kleinen hatte Linda einen Pullover gestrickt. Auch wenn noch die Septembersonne vom Himmel brannte, war es ein feuchter, trister Sommer gewesen, perfektes Wetter für einen Pullover. Linda hatte das Muster selbst ausgesucht – rosa Wolle mit weißen Pferden auf der Brust – und die Größe geschätzt, in der Hoffnung, dass es passen würde. Sie war zufrieden mit dem Ergebnis.

Das Anfertigen des Pullis war ungemein vergnüglich gewesen; jeden Abend, wenn Linda aus der Buchhandlung gekommen war, hatte sie sich mit einem Whisky hingesetzt, Zigaretten geraucht und gestrickt. Sie hatte all ihre alten LPs und CDs hervorgeholt, die sie seit Jahren nicht mehr gehört hatte; Lieder, die sie hingebungsvoll geliebt, aber aus irgendeinem Grund vernachlässigt hatte. Jeden Abend wurde das langsame Wachsen des Pullovers von einem Soundtrack aus Hardcore und Glam Metal, Dustbowl-Balladen und Country Rock, traditionellem Folk und Free Jazz begleitet.

Eines Abends hatte ihr Nachbar, ein geschiedener Griesgram, an der Tür geklopft. Als Linda ihm öffnete, das Strickzeug in der Hand, hatte er gefragt, ob er vielleicht hereinkommen und die Platte von Ella Fitzgerald hören dürfe, die gerade lief. Linda bot ihm einen Sitzsack am Kaminsims an, und da hockte er so lange, bis *Clap Hands, Here Comes Charlie!* vorbei war. Zwei Whiskys später hatte er rote Augen und war ganz weit weg. Zum Abschied gab er ihr zehn Pfund für die Getränke. Ohne Gewissensbisse nahm Linda das Geld an.

»Ich habe Poppy ein Geschenk mitgebracht«, kam Linda Daniel zuvor. »Ich weiß zwar, dass sie erst nächste Woche Geburtstag hat, aber ...«

»Ach, Linda, das wäre doch nicht nötig gewesen«, sagte er, und der Schaum seines Biers lag cremig auf seiner Oberlippe. »Allein dass du hier bist, reicht Poppy schon, glaub mir.«

»Na, wenn ich meine Nichte nicht mehr verwöhnen darf, wen dann?«, sagte Linda. Sie rauchte ihre Zigarette zu Ende und drückte sie im Aschenbecher aus.

»Danke, Poppy wird sich bestimmt riesig freuen«, sagte Daniel und stellte das Bierglas auf den Tisch. Er wirkte zufrieden. Dann schwand sein Lächeln. Es folgte zögerndes Schweigen, unterbrochen von den Vögeln und Grashüpfern.

»Hier wirkt alles so weit weg«, sagte sie. »Ganz weit weg.«

»Hier draußen ist es auf jeden Fall entspannend«, sagte Daniel, »auch wenn die Fahrerei ganz schön nervig sein kann.«

Wieder gab es eine längere Pause. Linda zündete sich die nächste Zigarette an; sie hatte eine lange Reise hinter sich.

»Und dir geht's wirklich gut?«, fragte Daniel. »Es muss ja bestimmt ... Ich weiß ja nicht ...«

Hinter einer Rauchwolke lachte Linda. Sie betrachtete ihren Bruder, in dessen Gesicht die Furcht geschrieben stand, sie könne die Fassung verlieren und mit der ganzen grässlichen Geschichte herausplatzen. Ein Teil von ihr wollte das auch; doch sie ersparte es ihm und sich selbst und schüttelte stattdessen den Kopf.

»Mir geht's gut. Ehrlich. Ich habe gute und schlechte Tage, aber meistens ist es in Ordnung.«

»Und es gibt natürlich noch Möglichkeiten, wie ich gehört habe ...«

»Daniel«, sagte sie seufzend. »Als ich gesagt habe, hier wirke alles so weit weg, war das im Guten gemeint, ja? Wir sollten nicht weiter darüber reden.«

Daniel nickte und stand auf, um neue Getränke zu holen. Einen Augenblick lang waren wieder nur die Geräusche der Vögel und Grashüpfer zu hören, dann tauchte Poppy mit einem Blatt Papier in der Hand auf.

»Tante Linda, guck mal, was ich für dich gemalt habe.«

Linda schob eine Haarsträhne hinter ihr Ohr und lud Poppy ein, sich auf ihren Schoß zu setzen. Es war eine Kinderzeichnung: grellbunt und verzerrt. Dennoch erkannte man sofort, was sie darstellte. Eine Weile sagte Linda nichts, dann besann sie sich wieder.

»Das ist sehr schön«, sagte sie.

»Das bist du«, sagte Poppy und wies auf die dürre Gestalt.
»Du und ich.«

»Ich sehe aber traurig aus«, sagte Linda. Poppy nickte.

»Aber ich bin gar nicht traurig, Poppy«, sagte sie. »Wie kann ich traurig sein, wenn du bei mir bist?« Und mit den Worten kitzelte sie Poppy, die sich kreischend in den Armen ihrer Tante wand und wendete.

Daniel kam mit den Getränken zurück, hinter ihm Christina. Linda hörte auf, Poppy zu kitzeln, und das Geschrei ließ nach. Das Kind kletterte von seiner Tante herunter und lief auf die Mutter zu.

»Guck mal, Mommy, Tante Linda ist da!«

»Das sehe ich, Poppy«, sagte Christina.

***

Linda erhob sich vom Stuhl und ließ sich von ihrer Schwägerin auf beide Wangen küssen. Christinas Parfüm roch teuer, eins von der Sorte, die noch lange in der Luft der Buchhandlung hingen, wenn wohlhabende Kundinnen sich dort umgesehen hatten. Christina trug den Duft jedoch beiläufig, so als hätte sie fast vergessen, dass sie ihn aufgelegt hatte. Ihr Haar war unlängst kurz und fedrig geschnitten worden, um ihre feinen Gesichtszüge zur Geltung zu bringen. Die Art, wie sie sich gab, hatte eine gewisse Leichtigkeit, eine ruhige, aber doch spürbare Selbstsicherheit. Christina trug eine dunkle Jeans, Stiefeletten und ein kariertes Hemd. Linda war zwar groß, doch das war in Christinas Gegenwart kein Vorteil.

»Gut hergekommen?«, fragte sie.

»Ja, doch«, erwiderte Linda. »Abgesehen vom Bus.«

»Ach, das freut mich. Aber beim nächsten Mal musst du uns Bescheid sagen, dann lassen wir dich abholen. Das macht wirklich keine Umstände«, sagte sie und legte die Hand auf Poppys Kopf. »Wie auch immer, hast du Lust auf einen Rundgang durchs Haus?«

***

Das Bier in der Hand, kommentierte Linda mit »Hm« und »Ah«, was ihr Christina – mit Poppys Unterstützung – über Geschäfte und Designer, Stauraum und Einbauheizungen erzählte. Es war ein endloser Rundgang über endlose Flure mit unzähligen Türen. Wäre Linda anschließend geprüft worden, hätte sie nicht gut abgeschnitten; es gab einfach zu viel zu sehen. Über drei Stockwerke besichtigte sie Schlafzimmer von unterschiedlicher Größe, zwei Arbeitszimmer mit Blick auf den Garten, mehrere Bäder und Garderoben und mindestens vier Empfangssalons. Doch nur zwei Räume hinterließen einen gewissen Eindruck bei ihr.

Das Familienzimmer – wie Christina es nannte – war warm und behaglich. Linda konnte sich vorstellen, wie die drei dort zusammen Fernsehen guckten, lachend, die Beine übereinandergeschlagen. Ein gewaltiger Kamin beherrschte den Raum, und zwei große rote Sofas waren so weich und einladend, dass man sicherlich darauf so fest hätte schlafen können wie in den vielen Betten im Haus. Auf dem Kamin stand ein auf Leinen gedrucktes Triptychon von Fotos. Linda begriff, dass dies die Bilder waren, die man an das Fernsehen und die Zeitungen geben würde, sollte der Familie ihres Bruders etwas zustoßen.

Poppys Zimmer darüber war ein wahres Kinderparadies. Hell und fröhlich, ein praktischer Raum voller Spielzeug und lehrreicher Wandbehänge. Poppy sprang auf ihr Bett, während Linda sich umsah und über die Größe des Raumes und den Platz darin staunte. Ihr ehemaliges Kinderzimmer – in das sie als Erwachsene zu oft zurückgekehrt war – war in keiner Weise mit dem hier zu vergleichen.

»Was hast du für ein großes Glück«, sagte Linda und zerzauste Poppys Haar. Es war sonderbar, dass sie so etwas sagte. Sie glaubte gar nicht an Glück. An Glück zu glauben, hatte ihr Exfreund Carl immer erklärt, könne nur zu Unglück führen.

Der Rundgang endete in dem Zimmer, in dem sie schlafen

sollte. Der Boden war mit einer Art Jutefaser ausgelegt, die einen warmen, waldigen Geruch verbreitete. An den weißen Wänden hingen gerahmte Stadtansichten von Wendover und Marlow ungefähr aus den 1850ern. Die großen Fenster gingen auf das Schwimmbecken, es gab ein angeschlossenes Badezimmer, komplett mit Wanne und Massagedusche. Es war die sauberste, behaglichste Unterkunft, die Linda jemals angeboten worden war.

»Das ist ja einfach wunderbar«, sagte sie. »Einfach wunderschön.«

»Es hat Jahre gedauert, bis es so war, aber jetzt ist es endlich so weit«, sagte Christina.

Sie wies auf Lindas Rucksack, den Daniel auf einem Korbstuhl abgestellt hatte.

»Ist das alles?«, fragte sie.

»Ich bin immer mit leichtem Gepäck unterwegs«, erwiderte Linda.

»Ach, wenn ich das doch auch könnte!«, sagte Christina, plötzlich ganz lebhaft. »Meine Reisetasche sieht immer aus, als würde ich einen Monat lang woanders einziehen wollen«, sagte sie, und für einen Augenblick bekam ihre Unerschütterlichkeit Risse. Poppy, die langsam das Interesse am Rundgang verlor, ging zum Rucksack und wollte den Reißverschluss aufziehen.

»Poppy, lass das!« Christina eilte zu ihrer Tochter.

»Warum?«, fragte die Kleine.

»Weil das Tante Linda gehört und sie nicht will, dass du darin herumwühlst, deshalb.«

»Sind da Geschenke drin?«

»Vielleicht«, sagte Linda, »aber das wirst du nie erfahren, wenn du weiter herumschnüffelst.«

Poppy zog ihre Hand heraus und lief zu ihrer Tante.

»Es tut mir leid, manchmal ist sie wirklich schwierig. So, jetzt lassen wir dich aber in Ruhe. Im Badezimmer sind alle möglichen Toilettenartikel, bedien dich und nimm, worauf du Lust hast. Der Badezusatz von Moulton Brown ist einfach himmlisch.« Christina legte die Hände auf die Schultern ihrer Tochter und zeigte auf die Tür.

»Ich halte dir diese Nervensäge die nächste Stunde vom Hals, um sechs gibt's dann was zu trinken und ein paar Kleinigkeiten zu essen. In Ordnung?«

»Perfekt«, sagte Linda.

***

Sie nahm ein Bad und gab eine großzügige Menge Duftöl mit Honig und Mandeln hinein. Es war so warm, dass die Spiegel beschlugen und sich Schweißperlen an Lindas Schläfen bildeten. In ihrem möblierten Zimmer hatte sie kein Bad, nur eine Dusche, die aussetzte, sobald jemand im Haus einen Wasserhahn aufdrehte. Während Linda sich im Wasser räkelte, spürte sie, wie die Anspannung aus ihrem Körper wich; das möblierte Zimmer, Carl und alles andere entschwanden in weiter Ferne.

Mit dem Duschkopf wusch sie sich das Haar, schäumte es mit einem Shampoo aus Minze und Teebaumöl ein, machte eine Jojoba-Spülung. Die Düfte vermischten sich auf angenehme Weise, stiegen schwer aus der Wanne empor. Linda stand auf, ging zur Duschkabine und stellte sich unter eiskaltes Wasser. Ihr Körper bebte, ihre Kiefer waren fest aufeinandergepresst. Sie blieb längere Zeit darunter stehen, dann drehte sie das Wasser ab.

Ihr Spiegelbild war teilweise von Dampf umhüllt, doch die lästige Narbe war deutlich zu sehen. Die Rippen stachen hart hervor, die Hüftknochen ebenfalls; aber sie sah schon besser aus, nicht mehr ganz so mager und zerschunden. Linda musste an einen Mann denken, der in einer der Gruppensitzungen gesprochen hatte. Er hatte sich immer Zigaretten am eigenen Arschloch ausgedrückt und so lange dort festgehalten, bis er vor Schmerz ohnmächtig wurde. Damals hatte Linda mit keiner Wimper gezuckt, doch jetzt schüttelte sie sich bei der Vorstellung. Angeschlagen, aber es geht mir besser, dachte sie. Man muss es nehmen, wie es kommt.

Abgetrocknet und in eine kurze Hose, T-Shirt und Turnschuhe gekleidet, holte Linda ihre Zigaretten aus der Hosentasche, ihre Sonnenbrille aus dem Rucksack und ging die Treppe hinunter. Draußen schüttete Daniel Kohle aus einem Sack Qualitätskohle für Restaurants auf den Grill. Er winkte ihr zu.

»Poppy badet noch, ich habe ihr gesagt, du würdest ihr eine Gutenachtgeschichte vorlesen, ist das in Ordnung?«

Linda nickte und zündete sich eine Zigarette an. Die beste des Tages. »Man sollte nicht zu sauber sein«, hatte Carl oft gesagt. »Das ist nicht gut für die Seele.«

Daniel goss eine Flüssigkeit über die Kohlen und riss ein Streichholz an. Es entzündete sich beim ersten Mal. »Super«, sagte er und gesellte sich zu seiner Schwester. »Noch ein Bier?«

»Könnte ich vielleicht einen Gin Tonic haben?«

»Kein Problem«, sagte er und zog die Grillhandschuhe aus, um sich die Hände zu reiben, ehe er sich wieder ins Haus begab.

***

Die Sonne ging unter, das bernsteinfarbene Licht leckte am Wasser des Schwimmbeckens. Unvorbereitet traf Linda eine schmerzhaft genaue Vorstellung, wie es wäre, hier zu leben, als funktionsfähiger Teil der Familie: wie sie Poppy von der Schule abholte, für Christina und Daniel Essen kochte, ihnen ein Glas Wein einschenkte, wenn sie erschöpft und mitgenommen nach Hause kamen. Wie Linda sie in Ruhe essen ließ und Poppy zwischenzeitig bettfertig machte, der Kleinen eine Geschichte vorlas, bevor sie von den Eltern einen Gutenachtkuss bekam, Geschichten, die in ihr die Liebe zu Büchern wecken würden. Enid Blyton hätte Linda da und Roald Dahl, *Der Wind in den Weiden* und *Alice im Wunderland*. Und im Sommer würde sie mit Poppy im Pool schwimmen, kreischend würden sie sich nass spritzen. Linda konnte sich mit Poppy dort sehen, durchsichtig wie Geister im Wasser, die Gesichter strahlend vor Glück. Ja. So würde es sein. Sie konnte es ganz deutlich sehen.

Daniel verdunkelte ihre Sicht und stellte ein Highballglas vor ihr ab, in dem drei Eiswürfel und ein Stück Limette auf dem klaren, sprudelnden Tonic Water schaukelten. Christina setzte sich mit einem Glas Weißwein neben ihren Mann. Der Blick, den sie auf die Zigarette warf, war pures Gift. Linda ignorierte ihn.

»Ich habe ihr gesagt, sie darf eine halbe Stunde Fernsehen gucken, dann liest du ihr eine Geschichte vor. Ich hoffe, das ist in Ordnung«, sagte Christina.

»Vorlesen macht mir so großen Spaß«, sagte Linda fröhlich. »Manchmal helfe ich in der Kinderabteilung aus. Es gibt eine Vorlesestunde, und es macht mir so viel Spaß, die Mausi-Bücher oder *Ein Tiger kommt zum Tee* oder so vorzulesen. Die Kinder finden es herrlich, wirklich wunderbar.« Sie drückte ihre Zigarette aus und merkte, dass sie sich anhörte wie bei einem Bewerbungsgespräch. Sie lächelte die beiden an. »Was für Bücher mag Poppy?«

»Das wird sie dir schon erzählen«, sagte Christina. »Es ändert sich jeden Tag.«

»In dem Alter ist das normal, oder?«, sagte Linda. Christina trank ihren Wein mit ersichtlichem Vergnügen.

»Ja, schätze schon.«

* * *

Als der Geruch marinierten Fleischs vom Grill heraufzog, lag Linda auf Poppys Bett und las ihr das erste Kapitel aus *Der platte Eberhard* vor. »Mein allerliebstes Buch auf der ganzen Welt«, hatte Poppy erklärt, als sie es ihrer Tante so vorsichtig in die Hände legte, als könnte es wie eine Bombe explodieren. Den Titel kannte Linda aus der Buchhandlung, und sie las es mit derselben Achtsamkeit für Figuren und Stimmen vor, als wäre sie bei der Arbeit. Poppy kicherte an den lustigen Stellen und war ansonsten still und aufmerksam.

»Wäre das schön, wenn du jeden Abend hier wärst und mir eine Geschichte vorlesen könntest«, sagte Poppy.

Linda lachte. »Kann ich mir vorstellen, Püppchen.«

»Doch, wirklich«, sagte die Kleine. »Es wäre schön, wenn du immer hier wärst.«

»Na, ich bin ja jetzt hier, nicht?«

Poppy dachte darüber nach, als sei es eine ernst gemeinte Frage gewesen, dann wandte sie den Blick ab.

»Können wir morgen auf den Ponys reiten?«

»Klar«, sagte Linda, »wir machen alles, was du willst.«

»Auch schwimmen?«

»Wenn das Wetter gut ist, ja.«

»Und ich zeige dir mein Spiel.«

»Das ist bestimmt toll. Und wenn du ganz lieb bist, schenke ich dir vielleicht sogar etwas. So, jetzt ist aber Zeit für den Kuschelbus, ja?«

Poppy legte den Kopf aufs Kissen, beim Lächeln sah man ihre schiefen Zähne. Linda küsste sie auf Wange und Stirn.

»Gute Nacht, Prinzessin«, sagte sie, dann machte sie die Lampe aus, ging zur Tür und fragte sich, wo sie das Wort Kuschelbus schon einmal gehört hatte.

***

Draußen war es kühl geworden, Christina hatte die Heizstrahler aufgedreht; deren Gasgeruch war penetrant und die Wärme, die sie abgaben, eigenartig und unangenehm. Der Tisch war überladen mit Salaten, Kartoffeln, kleinen Schälchen mit Dips und Saucen und einer Warmhalteplatte, auf der Daniel das Fleisch ablud. Christina sah ihre Schwägerin anerkennend an.

»Du warst ja ewig da oben«, sagte sie und schenkte Linda ein Glas Wein ein.

»Ich musste mich dem platten Eberhard ergeben«, erwiderte Linda, nahm das Glas und setzte sich. Sie war wie ausgehungert; zum letzten Mal hatte sie am Vortag etwas zu Mittag gegessen – eine kalte Dosensuppe. Hier würde sie zunehmen, das wurde ihr klar. Sie würde über die Felder laufen und im Pool schwimmen müssen, um Mittagessen und Warmhalteplatten voller Fleisch zu verbrennen.

***

Daniel wollte sagen, Linda habe hoffentlich großen Hunger, doch dann überlegte er, ob er damit in eine Gesprächsspur geraten könne, die er später bedauern würde. Es war nicht so sehr Linda, um die er sich Sorgen machte, sondern seine Frau. Christina ergriff instinktiv jede Gelegenheit, um im emotionalen Geröll ihrer Schwägerin herumzustochern. Das machte jedes Essen zu einer riskanten Angelegenheit.

Christinas Interesse wirkte immer klinisch kühl, so als sezierte sie Linda als Teil einer größeren Untersuchung. In Stunden der Muße, etwa im Urlaub in ihrem Ferienhaus auf Sardinien oder bei einem Spaziergang im Wald, sagte sie manchmal zu Daniel: »Ich frage mich, was deine Schwester gerade macht ...« Und dann musste er stundenlang fiebrige Vermutungen über sich ergehen lassen.

Als sich die beiden Frauen kennenlernten – Poppy war gerade drei geworden, und Linda wohnte wieder bei ihren Eltern –, hatte Christina ihre Neugier kaum im Zaum halten können. Sie umkreisten einander; Christina wollte ihre Beute nicht verschrecken, Linda wollte nicht wie die verstörte Verrückte aus der Gummizelle wirken. Auf der Heimfahrt plapperte Poppy unentwegt von ihrer neuen Tante, und Christina wirkte betrübt, als hätte sie eine flüchtige große Gelegenheit verpasst.

Bei den nächsten Begegnungen war es Christina gelungen, mehr aus Linda herauszubekommen. Doch es reichte nie.

Daniel wusste das; aus genau diesem Grund lud Christina ihre Schwägerin immer wieder ein und sagte Linda immer wieder ab: Selbst in ihrem zerbrechlichsten Zustand konnte Linda Situationen gut einschätzen, wenn auch nicht immer den Charakter anderer Menschen.

Deshalb blieb es ein kleines Geheimnis, warum sie diese Einladung angenommen hatte. Es konnte natürlich sein, dass sie einfach Poppy zu ihrem Geburtstag besuchen wollte. Christina glaubte das jedoch nicht. Sie war der Meinung, Linda sei gekommen, weil sie eine Frau zum Reden brauchte; nur eine Frau könne die volle Bedeutung dessen begreifen, was die Ärzte ihr mitgeteilt hatten. Als Christina Daniel diese Theorie darlegte, seufzte er und sagte, sie hätte wahrscheinlich recht, obwohl er wusste, dass sie falschlag. Bei Christina suchte niemand emotionale Unterstützung. Sie war viel zu praktisch, zu logisch, um komplizierte Probleme zu handhaben. Bei ihr gab es für alles eine Lösung, einen Aktionsplan, der in die Tat umzusetzen war. Manchmal erinnerte ihn seine Frau an jene alten Plakate aus Kriegszeiten, die er noch aus der Schule kannte: *Aus Alt mach Neu, Graben für den Sieg, Schweigen schützt Schiffe* – schlichte Lösungen für komplexe Probleme.

Daniel sah zu, wie die beiden Frauen sich liebevoll über Poppy unterhielten, und wenn sie lachten, erhaschte er Blicke auf die Menschen, die er geliebt hatte: auf seine Schwester, die ihn mit seiner Akne aufzog, während sie sich unten auf der Toilette schminkte, bevor sie ausging und ihren Freund im *Locomotive* traf, und auf die Frau, die in ihrer ersten gemeinsamen Nacht nackt durchs Zimmer gegangen war, am Türrahmen stehen geblieben war und gesagt hatte: »Ich glaube, ich liebe dich schon jetzt.«

Daniel legte das letzte Steak auf die Warmhalteplatte und setzte sich. Auf seiner Jeans und in seinem Haar waren Ascheflocken. Er forderte die beiden Frauen auf, zuzulangen, und sie luden das Fleisch und die frischen Beilagen auf ihre Teller: Kartoffeln, Brokkoli, Möhren aus dem Garten, das Fleisch von einem ortsansässigen Bauern, der Wein von dem Winzer auf Sardinien, wo ihr Ferienhaus stand.

»Ist der Wein nicht phantastisch?«, sagte er. »Ich finde, es ist der beste, den wir je hatten.«

»Ist es der aus ...?«

»Ja, aus Sardinien«, sagte Christina. »Wir waren Anfang des Sommers da, es ist einfach himmlisch. Beim nächsten Mal musst du mitkommen. Da ist jede Menge Platz.«

Jetzt war es so weit, Linda spürte es. Die beiden würden sie fragen, anfangs vielleicht nervös, aber dann ihrer Position sicherer. Sie brauchten eine Haushälterin, eine Kinderfrau, eine Person, die nach Sardinien vorfuhr und das Haus vorbereitete, ehe sie zu ihrem einwöchigen Urlaub einträfen. Jemanden für Poppy. Linda würde in der Dachstube mit dem Bodenbelag aus Jutefaser und der Wanne mit den Löwenfüßen wohnen und Poppy das Gitarrespielen beibringen. Und Poppy würde sie ansehen und sagen: »Ich möchte, dass du nie mehr gehst«, und sie wäre in der Lage, ohne jede Angst vor der eigenen Widersprüchlichkeit zu sagen: »Ich gehe ja nirgendwohin, Püppchen.«

Sie lächelte ihre Familie an, ihre zukünftigen Arbeitgeber. Und obwohl das Steak viel zu blutig war, aß sie es auf und pflichtete Daniel bei, dass es wirklich nichts Besseres gab als Fleisch von einem anständigen Holzkohlegrill.

***

Nach dem Essen brachte Daniel die Teller in die Küche. Die Unterhaltung war im Schongang geführt worden; es ging um Arbeit und Familie, hauptsächlich ging es um Poppy. Hatte er heutzutage überhaupt noch ein anderes Gesprächsthema? In früheren Zeiten hatte er voller Überzeugung über Kunst und Musik, Bücher und Politik, Wissenschaft und Religion diskutiert, jetzt hatte er bei fast jedem Thema Schwierigkeiten, sich eine wirkliche Meinung zu bilden. Jedweder Gedanke erschien ihm schwammig und unausgegoren,

41

deshalb vertrat er nicht mehr eigene Ansichten, sondern gab wieder, was er in der Zeitung las. Das war weder die Schuld von Poppy noch von Christina; die Schuld daran, wenn man sie überhaupt jemandem zuweisen konnte, lag allein bei ihm. Durch die Schiebetüren sah er, wie seine Schwester nervös rauchte. Christina hatte offensichtlich mit ihrer Befragung begonnen. Daniel spülte den Rest seines Weins hinunter und gesellte sich wieder zu den beiden; das Wort »unfruchtbar« hallte in seinen Ohren.

»Wolltest du denn Kinder haben?«, fragte Christina gerade. »Ich meine, auch wenn es wohl egal ist, ob du wolltest oder nicht. Sich selbst für was zu entscheiden, ist eine Sache, es entschieden zu bekommen, was ganz anderes, oder?«

Linda zuckte mit den Achseln und blies einen Rauchstrahl aus.

»Ehrlich gesagt, habe ich nicht sonderlich darüber nachgedacht, Chris. Aber wenn, dann denke ich nur, dass es so, wie es ist, wahrscheinlich das Beste ist.«

Christina war enttäuscht, dass das Gespräch damit in die Leere lief. Sie wollte zumindest einen Hauch von Vertraulichkeit. Das fehlte ihr. An der Universität hatte sie vier enge Freundinnen gehabt. Sie studierten Kunst, waren meistens betrunken oder bekifft, verrückt, kaputt und irgendwie realer als Chrissie, die hart arbeitete und zum Zirkeltraining in die Sporthalle ging. Die Freundinnen mochten sie, wurde Christina klar, weil sie wie eine Erzieherin oder Kinderfrau war: Sie war immer da für sie und hatte jederzeit praktische Ratschläge parat. Wenn eine in letzter Minute Verhütungsmittel, Hilfe beim Ausfüllen von amtlichen Formularen oder beim Beantragen eines Kredits brauchte, wandte sie sich an Chrissie. Im Austausch dafür bot sie kurze Einblicke in ihr Leben.

Seit zehn Jahren hatte Christina keine der Freundinnen mehr gesehen. Beim letzten Mal hatten sich die fünf im Princess Louise in Holborn getroffen. Christina kam zu spät, immer noch im ersten Rausch der Begeisterung über

ihren ansehnlich bezahlten Job in der Stadt. Als sie das ver-
qualmte viktorianische Interieur des Pubs betrat, entdeckte
sie die anderen um einen kleinen Tisch herum; sie plauderten und lachten, tranken Bier und rauchten selbstgedrehte
Zigaretten. Da wurde ihr klar: Dies war keine Wiedervereini-
gung; die anderen vier trafen sich regelmäßig. Christinas
Vermutung wurde bestätigt, als sie von gemeinsamen Be-
kannten sprachen, die in besetzten Häusern im East End
lebten. Die Geschichten, die sie erzählten, waren oberfläch-
lich; leichtgewichtige Berichte von Geldsorgen und unzu-
verlässigen Freunden. Als Christina an der Theke die nächste
Runde bezahlte, sah sie sich zu den vier Frauen um und
fand, dass sie alle sehr jung wirkten.

Linda war anders, das war ihr schon beim ersten Mal auf-
gefallen: der verrutschte Blick, die Zerbrechlichkeit ihres
langen, abgemagerten Körpers. Allein schon neben Linda zu
stehen, verlieh Christina ein Gefühl von Lebendigkeit und
Vitalität; die potenzielle Vertraulichkeit lud sich fast sta-
tisch zwischen ihnen auf. Christina betrachtete ihre Schwägerin über den Glastisch hinweg: Ihr Körper war jetzt weicher und nicht mehr so ausgezehrt, ihr Teint klar, doch ihre
Augen verrieten noch immer Unsicherheit. Wenn sie nur
mehr sprechen, sich mehr öffnen würde.

»Und wenn du doch noch jemanden kennenlernst, kannst
du's immer noch mit künstlicher Befruchtung versuchen
oder ein Kind adoptieren, nicht? Hast du mal an Adoption
gedacht?« Linda drückte ihre Zigarette aus und warf Christina ein schiefes Lächeln zu.

»Ich denke, zuerst mal brauche ich einen Mann, ehe ich an-
fange, an Kinder zu denken, Chris.«

Geschlagen trank Christina ihren Wein aus und schlug eine
Partie Scrabble vor.

Sie spielten erst Scrabble, dann Yatzy. Kurz vor zwölf gingen
Daniel und Christina ins Bett und ließen Linda zurück, die
noch eine letzte Zigarette rauchte, ehe sie sich in ihre Dach-
kammer begab. Sie war betrunken und benebelt, hatte noch

nicht die nötige Bettschwere, auch wenn sie müde war. Die Heizpilze waren ausgestellt, die Luft kühlte rasch ab. Linda rauchte die Zigarette zu Ende und dachte wieder an das Haus auf Sardinien.

***

Sie wachte früh auf – vor sechs Uhr – und konnte nicht wieder einschlafen. Ihr Kopf pochte, sie trank den halben Liter Wasser, den sie auf den Nachttisch gestellt hatte, ging ins Bad und füllte den Krug nach. Dann hielt sie inne und beschloss, lieber zu baden, als wieder ins Bett zu gehen. Sie ließ Wasser einlaufen und goss das Mandel-Honig-Öl hinein. Durch den Dampf fühlte sie sich besser, ihr Mund wurde durch energisches Zähneputzen erfrischt. Linda stieg in die Wanne und schloss die Augen, stellte sich vor, in dem Haus auf Sardinien zu baden oder sich nach einem anstrengenden Tag mit Poppy einzuschäumen. Ihr möbliertes Zimmer mit seiner Feuchtigkeit, dem kühlen Zug und den Kochgerüchen schien so weit entfernt. Sie würde nicht zurückkehren; sie gehörte hierher, zu Poppy.

Es war ein seltsames Gefühl, plötzlich einen Plan zu haben, eine klare, eindeutige Strategie zu verfolgen, doch es gefiel ihr. So lange, spürte sie nun, war sie durch das Leben getrieben, ohne zu wissen, wofür es gut war. Aber hier und jetzt, in der Wanne mit den Löwenfüßen in jenem gewaltigen Haus in Buckinghamshire, ergab alles einen Sinn; ihre Kinderlosigkeit wurde hier nicht unbedingt ein Segen, aber etwas Akkurates, Erklärbares. Sie musste nichts weiter tun, als Poppy den rosa Pullover mit den weißen Pferden zu schenken und Daniel und Christina zu zeigen, wie sehr das Kind seine Tante wollte und brauchte. Dann würde sich ihr Plan wie von selbst umsetzen. Daniel würde sie nach Hause fahren, sie würde ihre Siebensachen packen und vielleicht noch an die Tür des geschiedenen Griesgrams von Nachbar klopfen, um ihm zum Abschied die Platte von Ella Fitzgerald zu schenken.

Mit der Handbrause wusch sie sich wieder das Shampoo aus Minze und Teebaumöl heraus und pflegte das Haar dann mit der Jojoba-Spülung. Sie schlang ein Handtuch darum wie einen Turban, trocknete sich ab und zog den weißen Bademantel mit der Kapuze über, der hinter der Tür hing. Linda öffnete das Milchglasfenster, und der Dampf wehte hinaus in die Morgenluft. Am Rande des Schwimmbeckens häuften sich Blätter: Man würde sie herausfischen müssen, bevor Linda später mit Poppy hineinsprang.

Zurück in ihrem Zimmer wollte sie den Rucksack öffnen, hielt jedoch mitten in der Bewegung inne. Ein kräftiger, satter Geruch stieg heraus, ein überwältigender Gestank von schalem Rauch und muffigen Räumen, in denen wochen- und monatelang Qualm gestanden hatte. Linda spürte ihn hinten im Rachen; da musste sie an das denken, was Carl übers Saubersein gesagt hatte: Nur wenn man sauber ist, merkt man, wie schmutzig das Leben ist.

Sie zog die Plastiktüte heraus, in der sie Poppys Pulli verstaut hatte. Er war in Geschenkpapier mit Pferdemuster eingeschlagen. Vorsichtig schob Linda die Nase an das Päckchen, hoffte vielleicht, dass es der Wolle gelungen war, sich dem Gestank zu entziehen. War es jedoch nicht. Es roch entsetzlich.

Linda packte den Pullover aus, um ganz sicherzugehen. Der Geruch war ekelhaft, unerträglich, so schlimm, dass sie spürte, wie er sich im Zimmer festsetzte. Sie hielt den Pulli gegen das Licht und merkte, dass die Pferde auf der Brust nicht weiß, sondern schmutziggelb waren, wie die Zähne alter Männer. Sie hielt ihn noch länger gegen das Licht, um sich zu vergewissern, aber der gelbe Schleier, der sich in Pferde und Pulli gefressen hatte, war unverkennbar.

Linda bemerkte, dass das Muster krumm und schief und die Pferde nur schwer als solche zu erkennen waren; die Nähte waren ungleichmäßig, die Arme unterschiedlich

45

lang. Der Pullover sah monströs aus. Sie ballte die Wolle zu einem Knäuel. In dem Moment klopfte es laut an der Tür.

»Tante Linda! Tante Linda!«, rief Poppy. »Bist du wach?«

»Nicht reinkommen!«, rief Linda und warf den Pulli auf den Boden. »Bitte, Poppy, bitte nicht reinkommen.«

Was ist in Swindon?

Als ich Angela Fulton zum letzten Mal sah, verließ sie gerade Wigans Weltberühmtes Winterwunderland mit einem ein Meter großen Stoffhasen, den sie über ein Feld aus schmutzigem Kunstschnee hinter sich herschleifte. Kurz zuvor hatte ich das glücklose Tier für sie gewonnen, doch es hatte sich nicht als die versöhnliche Geste herausgestellt, die ich erhofft hatte. Stattdessen war Angela wütend davongestürmt und hatte den Hasen auf einen Haufen Müllbeutel am Eingang geschleudert. Ich sah ihr nach und steuerte dann mit ohnmächtiger Wut auf den Erfrischungsstand in einem Zelt zu, wo ich mich mit Glühwein betrank. Als ich schließlich nach Hause kam, waren all ihre Habseligkeiten verschwunden.

Damals waren wir Anfang zwanzig, blass und mager, und lebten gemeinsam in aufreibender Enge zusammen. Wir kannten niemanden sonst in Wigan und legten keinen Wert darauf, uns mit anderen Leuten zu treffen, abgesehen von unseren jeweiligen Kollegen. Stattdessen saßen wir in unserer verrauchten Einzimmerwohnung und unterhielten uns, stritten gelegentlich und liebten uns abends. Anschließend erforschten wir im Licht einer schwachen Glühbirne unsere Körper: die Muster von blauen Flecken, die unsere Knochen verursacht hatten.

Wie wir diese Isolation so lange aushielten, ist schwer zu sagen. Heute vermute ich, dass wir es irgendwie romantisch fanden, so ein schäbiges, abgeschottetes Leben zu führen. Wir hatten keinen Fernseher, kein Telefon; nur unsere Bücher und das geerbte Roberts-Radio, mit dem wir lediglich Radio 4 und John Peel empfangen konnten. Hin und wieder unternahmen wir einen Ausflug nach Liverpool oder Manchester, in den Lake District oder auf die Halbinsel Wirral, doch meistens blieben wir zu Hause, gelähmt von der Intimität unserer Beziehung.

Das konnte natürlich nicht von Dauer sein, und die letzten Monate waren unerträglich, furchtbar. Ohne dass es einer von uns anfangs merkte, begann die Wirklichkeit draußen langsam, in unsere Zweisamkeit Einzug zu halten. Ich fing an, allein auszugehen, und kam spätnachts zurück, betrunken und unsensibel. Angela verschwand stundenlang, ohne je zu verraten, wo sie gewesen war. Um sie zu ärgern, kam ich eines Abends mit einem gebrauchten Fernseher nach Hause, dem ich einen Ehrenplatz auf der Kommode gab. Zur Rache beschimpfte mich Angela wegen meines Aussehens, meinen zu langen Haaren, dem Zustand meiner Kleidung, der Menge der von mir gerauchten Zigaretten, wegen meines kindischen Humors. Eines Nachts warf sie mir ein Buch an den Kopf und beschimpfte mich als egoistischen Wichser. Am nächsten Morgen erinnerte sich keiner von uns, was ich angeblich getan hatte.

Angela war nicht meine erste Liebe, ich auch nicht ihre; aber es fühlte sich so an. Noch Jahre später malte ich mir aus, dass sie über das Aussehen meiner neuesten Freundin lachte; in Phasen des Nichtstuns fragte ich mich manchmal, ob sie sich immer noch auf dieselbe Art kleidete. Spätnachts dachte ich an ihren nackten Körper und stellte sie mir mit gewachster Bikinizone vor, die sie nie gehabt hatte. In solchen Momenten überlegte ich dann, nach ihr zu suchen, hatte aber keinen Schimmer, wo ich anfangen sollte. Dennoch, der Drang war da: wie ein verborgenes Kohleflöz, das darauf wartete, entdeckt zu werden.

***

An diesem Morgen verließ ich das Haus und fuhr mit der Underground zur Arbeit, holte mir einen Kaffee und trank ihn an meinem Schreibtisch, während ich die Zeitung las. Um neun war das übliche Abteilungsmeeting, kurz darauf gefolgt von einer Telefonkonferenz. Mein Mittagessen nahm ich auf dem Hof ein, dann sah ich mich noch in einer Buchhandlung um. Als ich ins Büro zurückkehrte, hatte ich neunzehn Sprachnachrichten: Drei bestanden lediglich aus dem Geräusch des Auflegens.

Ich beantwortete meine E-Mails, meldete mich bei den Anrufern und wollte mir gerade meinen nachmittäglichen Tee aufbrühen, als das Telefon erneut klingelte. Die Nummer auf dem Display kannte ich nicht. Ich zögerte, dann griff ich zum Hörer. Es gab eine Pause, dann fragte eine Frauenstimme nach Marty. Angela war die Einzige, die mich je Marty genannt hatte.

***

Ihre Stimme klang genau wie früher, und kurz musste ich daran denken, wie sie mir immer ins Ohr gekeucht hatte. Sie fragte mich, wie es mir ginge, und ich stammelte eine Antwort, dann erhob ich mich ohne ersichtlichen Grund. Es gab eine Pause, eine lange. Schließlich fragte ich sie, wie sie meine Nummer gefunden hätte.

»Du bist im Internet«, sagte sie.

»Ich bin im Internet?«, fragte ich.

»Jeder ist im Internet«, sagte sie.

Ich fragte sie, was sie wolle. Sie fragte zurück, ob ich eine Freundin habe. Ich sagte nein, nicht wirklich. Sie erzählte, sie hätte ein Hotelzimmer für uns gebucht. Ich fragte, wo. Sie sagte, in Swindon.

»Was ist in Swindon?«, fragte ich.

»Ich werde da sein.«

»Ich weiß nicht genau«, sagte ich. »Ich meine ...«

»Ach, komm«, sagte Angela, »wir wissen doch beide, dass du Ja sagen wirst, also warum die Zeit verschwenden?«

***

Ich war noch nie zuvor in Swindon gewesen, und nach Lage der Dinge ist es mehr als unwahrscheinlich, dass ich noch einmal dahin kommen werde. Die Fahrgäste im Zug hatten alle einen besonderen Blick, eine gewisse Leere. Ich drückte mich in meinen Sitz und holte eine Zeitung heraus, merkte dann aber, dass ich sie bereits zum Frühstück gelesen hatte. Ich ging in den Speisewagen und kehrte mit chinesischen Crackern und einer Dose Bier zurück. Im stillen Waggon öffnete ich mit einer Entschuldigung die Dose und knabberte die Cracker. Ich versuchte mich an einem Kreuzworträtsel, konnte mich aber nicht auf die einfachste Frage konzentrieren.

Wir fuhren ein, und inmitten eines Stroms ungeduldiger Pendler kämpfte ich mich aus dem Bahnhof heraus. Die Schlange am Taxistand war lang, ich wartete hinter einem Pärchen, das gerade vom 17:04 aus Cardiff wiedervereint worden war. Die Frau hatte die Hand auf der Gesäßtasche des Mannes, er küsste sie. Selbst in Swindon, dachte ich, sind Bahnhofsküsse die romantischsten.

Irgendwann bekam ich ein Taxi, der Fahrer versuchte, mich in ein Gespräch zu verwickeln – es ging um Busspuren –, doch ich ignorierte ihn und sah aus dem Fenster, meine Reisetasche an die Brust gedrückt. Swindon wirkte wie ein außer Kontrolle geratenes Gewerbegebiet. Die Stadt besaß eine unheimliche, fast amerikanische Traurigkeit; die Unterhaltungsparks, die Einkaufszentren, die Phalanx von Bürogebäuden mit dunkel getönten Scheiben, in denen sich die ersterbende Sonne spiegelte. Das Hotel lag an einer Kreuzung mehrerer Hauptstraßen, ein gedrungenes Gebäude, das inmitten des Verkehrs kauerte.

Die Hotellobby war erschreckend grell und in hellem, plastikartigem Holz gehalten. Der Mitarbeiter an der Rezeption – ein junger Mann mit rotblonden Bartstoppeln – war mürrisch und nervös. Ich sagte ihm, es sei ein Zimmer auf den Namen Fulton reserviert, und er ließ die Luft aus den Wangen.

»Ja, das stimmt, Sir. Aber die Reservierung ist offenbar für eine *Ms* Fulton, Sir. Und bei uns muss die Person anwesend sein, die bei der Reservierung genannt wurde, damit ein oder mehrere Zimmer bezogen werden können«, sagte er.

»Hat Angela nicht auch meinen Namen angegeben?«

»Offensichtlich nicht«, entgegnete der Hotelangestellte und ging mit wedelnder Hand an das klingelnde Telefon.

Ich stand da und wusste nicht genau, was ich tun sollte.

»Bitte entschuldigen Sie«, sagte er in den Hörer, »aber könnten Sie ganz kurz warten, Madam?« Er wandte sich an mich.

»Sir, warum warten Sie nicht in der Bar auf Ihre Freundin?«, sagte er und wies auf eine Doppeltür. Ich hob meine Reisetasche auf und folgte seinem ausgestreckten Arm.

***

Die Bar war ebenso plastikartig, hölzern und grell beleuchtet. An einem großen runden Tisch saß eine Gruppe beschwipster junger Frauen, drei japanische Geschäftsleute tranken schweigend Stella Artois. Ich bestellte einen Gin Tonic. Es schien mir der richtige Drink zu sein, wenn man von einer ehemaligen Geliebten wiedergesehen wurde – aus der Ferne konnte es ohne weiteres Mineralwasser sein. Der Barkeeper war mürrisch und nervig. Er versuchte, mich zur Bestellung von Oliven zu bewegen. Ich bestellte Oliven.

Kurz danach traf Angela ein. Sie war gealtert, aber auf gute Weise. Ihr Haar war lockig, und ihre Augen sprühten wie Coca-Cola. Sie stellte sich an die Theke und trank den Rest von meinem Gin Tonic.

»Sag jetzt nichts«, sagte sie und nahm mich bei der Hand.

***

Das Hotelzimmer war in braun-beige gehalten und funktional eingerichtet. Sie glitzerte in ihrem silbernen Kleid und drückte mich gegen die Wand. Einen Augenblick lang waren wir wieder zwanzig. Angela führte uns beide zurück in eine Zeit, da wir uns noch keine Gedanken über Zinssätze und Bierbäuche, Rente und Krebs, verkümmerten Ehrgeiz und zerbrochene Träume machen mussten. Ich achtete darauf, dass sie zuerst kam; das hätte ich mit geschlossenen Augen gekonnt.

***

Als wir fertig waren, sah sie mich erwartungsvoll an und rollte sich auf die Seite. Ich hielt sie in den Armen, sie drückte sich rücklings gegen mich. Sie roch nach Sex und Shampoo; ihre Brüste waren schwerer in meinen Händen.

»Hallo«, sagte sie, »du hast mir gefehlt.«

»Du mir auch ...«

Sie unterbrach mich mit einem langen, feuchten Kuss, den sie abrupt beendete. Sie legte die Hände auf meine Brust, dann auf mein Gesicht, so als würde sie mich aus Puzzleteilen zusammensetzen.

»Ach ... nein, das passt alles nicht«, sagte sie. »Irgendwas stimmt nicht. Ich habe das Gefühl ...« Sie erschauderte. »Ich kann's nicht erklären.« Angela beugte sich vor und küsste mich erneut, wie zum Versuch.

»Du riechst ... keine Ahnung, irgendwie falsch«, sagte sie und schnupperte an meiner Haut.

»Wie, rieche ich etwa schlecht?«

»Nein. Nur nicht wie du.« Einen Moment wirkte sie ratlos, dann warf sie einen kurzen Blick auf den Nachttisch.

»Hast du aufgehört zu rauchen?«, fragte sie, als wäre es ein Vorwurf. Ich lachte.

»Ist schon fast fünf Jahre her.«

»Aufgehört? Das hätte ich nie bei dir gedacht. Im Leben nicht.«

Mir missfiel der verrückte Ausdruck in ihren Augen: Sie war nackt, aber nicht auf positive Weise.

»Doch, hab ich.«

Ich legte die Hand auf ihre Hüfte, und sie sah mich an, als hätte ich sie in die Irre geführt.

»Fährst du immer noch diesen Vauxhall Viva?«, fragte sie.

»Das war ein Hillman. Der ist schon lange weg. In London braucht man keinen Wagen.«

Sie zog die Bettdecke hoch und barg den Kopf in den Händen.

»Ich hätte das nicht tun dürfen«, sagte sie, »das war eine furchtbare, furchtbare Idee.« Dann drehte sie mir den Rücken zu und begab sich in das danebenliegende Bad. Sie hatte Orangenhaut an den Oberschenkeln, das war sexy auf eine Weise, die Frauen einfach nicht verstehen können.

»Ich begreife das nicht«, sagte ich zu der geschlossenen Tür.

»Die ganze Zeit, als wir zusammen waren, hast du herumgeschimpft, wie viel ich rauche, wie ungesund das für mich ist und wie es stinkt, und jetzt ...« Angela öffnete die Tür, sie war in ein weißes Handtuch gehüllt. Die Dusche lief.

»Hör zu, Marty«, sagte sie und suchte ihre abgelegten Kleidungsstücke zusammen. »Ich wollte eigentlich nichts davon sagen, aber es sieht so aus, dass ich heiraten werde.« Sie lächelte müde. »Zumindest überlege ich zu heiraten. Aber dann musste ich plötzlich an dich denken. An die Jahre, die wir zusammen hatten. Und das, was ich mit Declan habe, tja, das ist anders. Nichts kann so sein wie damals. Deshalb musste ich es wissen. Ich konnte es nicht einfach loslassen. Konnte nicht zulassen, dass es sich in Nichts auflöst. Irgendwie hatte ich gehofft, na ja, dass alles wieder an seinen Platz findet, aber ...«

»Aber was?«

»Sieh uns doch an«, sagte sie. »Wir sind keine Kinder mehr. In meiner Vorstellung bist du ein romantischer, kindischer, unmöglicher Junge mit unmöglichen Träumen. Aber so bist du nicht. Nicht mehr. Und ich kann dich nicht zurückholen. Und selbst wenn ich es könnte, könntest du wirklich noch mal so leben wie damals?«

»Ja«, sagte ich. »Klar könnte ich das. Und wenn es um nichts anderes geht – ich kann noch mal von vorn anfangen. Jederzeit!«

»Du weißt, dass es dabei um mehr geht.«

Sie lachte und schloss die Badezimmertür. Während das Wasser lief, stellte ich mir vor, wie sie heiratete, welche Blumen sie im Haar hatte, wie das Streichensemble ihren Gang zum Altar begleitete. Ihr Mann, ein Muskelprotz mit rasiertem Kopf, der in seinem geliehenen Frack wie einer von der Security aussah.

Als Angela zurück ins Zimmer kam, war sie vollständig bekleidet, das Haar feucht an den Spitzen. Sie griff nach ihrer Reisetasche.

»Es tut mir leid, Marty, aber ich musste es einfach wissen«, sagte sie und gab mir einen flüchtigen Kuss auf die Wange.

Sie schloss die Tür hinter sich, und ich ging zum Fenster, um zu sehen, wie sie fortfuhr. Jenseits der Umgehungsstraße leuchtete ein rund um die Uhr geöffneter Supermarkt rot und blau. Ich zog meine Jeans an und ging nach draußen, um mir etwas einzukaufen.

Die beste Adresse der Stadt

David Falmer konnte sich nicht darauf festlegen, wann genau ihm Johns Junggesellenabschied aus den Händen geglitten war; er wusste nur, dass es längst passiert war, als das Gespräch auf Nutten kam. Da war es schon spät, und anstatt im *Sunbird* zu Abend zu essen – ein Restaurant, das in einem von Davids Reiseführern nachdrücklich empfohlen wurde –, saßen sie nun an einem Rauchglastisch einer neonbeleuchteten Cocktailbar. In der Nähe, für Davids Gefühl zu nah, standen junge Amerikaner in Sportklamotten und Minikleidern, deren Zähne in einem schaurigen Blauweiß strahlten. Neben ihnen fühlte David sich alt; müde, knauserig und alt.

Little Angels, sagte Johns zukünftiger Schwager Richard. »Man kann nicht nach Vegas fahren, ohne ins *Little Angels* zu gehen. Das ist fast schon gesetzlich untersagt. Vom Gesetz des Junggesellenabschieds.«

Bunte Spots spiegelten sich auf dem Tisch. Davids Reiseplan diente als Untersetzer; Richard hatte gesagt, sie bräuchten ihn eh nicht: Er sei schon zigmal in Vegas gewesen. Was man auch suchte – das perfekte Steak mit Spiegelei, den besten Champagnercocktail, den niedrigsten Einsatz für ein Texas Hold'em oder die einsatzfreudigste Hure –, Richard schien immer die beste Adresse der Stadt zu kennen.

Mit seinem breiten Yorkshire-Akzent beschrieb Richard eine mexikanische Prostituierte namens Rosalita: ihren Mund, ihre Beine, ihre Brüste, ihren Hintern. David schaute zu John hinüber in der Hoffnung, eine gehobene Augenbraue zu sehen; doch John lauschte aufmerksam. Richard hatte seinen Spaß, gab Rosalitas Auftritt in jeder Einzelheit wieder; die vier anderen Männer hingen ihm an den Lippen. Für David klang es gleichzeitig schmerzhaft und enorm unerotisch. Kurz fragte er sich, ob das alles nur erfunden war, wieder eine von Richards Geschichten, doch die Details klangen nur zu glaubhaft.

John beugte sich vor und fragte Richard etwas, das vom Lärm einer anderen Gruppe übertönt wurde, die ihren Junggesellen johlend ermutigte, sein Glas zu leeren.

»Fünfhundert insgesamt«, erwiderte Richard. »Und glaub mir, ich hätte auch das Doppelte gezahlt, nur um diese Titten zu sehen.«

David griff zu einer herrenlosen Schachtel Zigaretten und zündete sich eine an. Seit dreizehn Jahren hatte er nicht mehr geraucht.

***

Es kamen neue Drinks, die sie hinunterkippten, sie bestellten die nächste Runde und noch eine. David sah, wie John lachte, sah die anderen lachen und hatte das Gefühl, sich selbst mit den anderen lachen zu sehen. Er rauchte die Zigarette bis zum Filter, ein ungewöhnlicher, salziger Geschmack lag auf seiner Zunge. Sofort zupfte er sich die nächste aus der Schachtel und entzündete sie mit dem Stummel derer, die noch nicht erloschen war. Am liebsten hätte er irgendwo draußen gesessen und diese Zigarette geraucht, nicht hier mit Richard und den anderen. Das sind meine Freunde, dachte er. Phil, Ben, Simon, Dan, John. Und ich weiß nichts von ihnen: nichts. Es war, als hätten sie ihre Persönlichkeit am Flughafen abgegeben.

Richard gab eine Geschichte über den Typen zum Besten, mit dem er im Little Angels gewesen war. Er verlieh jeder Figur einen eigenen Charakter, und seine Pointen saßen; ohne es zu wollen, musste David mitlachen. Er schüttelte den Kopf und versuchte, es zu verbergen, doch er lachte. Richard war von Beruf Verkäufer, und er verkaufte sich hier an Phil und Ben, Simon und Dan; mit John allerdings klappte es nicht, das merkte David.

Nach außen hin schien John sich zu amüsieren, doch David

registrierte seinen angespannten Kiefer, dieselbe enttäuschte Ausstrahlung wie schon bei Johns erster Hochzeit. Diesmal sollte alles ganz anders sein: der Flug über dreitausend Meilen, die einheitlichen Anzüge, die Feier eines Mannes, der einen neuen Lebensabschnitt begann. Doch es reichte nicht. Es war nicht außergewöhnlich genug; nicht so, wie John es sich vorgestellt hatte. Und obwohl John sich laut und vulgär gab, war David überzeugt, dass ein Teil von ihm sich fünfzehn Jahre zurücksehnte, sich vorstellte, wie es sich damals angefühlt hatte, nach Helen, aber vor Alice und allem anderen.

David hatte die Pointe von Richards Geschichte verpasst und sah sich im Raum um, die Männer prusteten vor Lachen und griffen nach ihren Gläsern. Er erblickte sein Spiegelbild über der Theke und führte die Zigarette an die Lippen, sein Gesicht geisterhaft hinter dem Qualm, der Mund fast nicht zu erkennen.

»Du rauchst?«, sagte John und schlug David auf den Oberschenkel. »Mensch, ich hab dich seit Jahren nicht mehr rauchen sehen.«

David zuckte mit den Achseln.

»Alles klar?«, fragte John.

»Sicher. Bin nur ein bisschen müde. Wahrscheinlich der Jetlag«, sagte David.

»Vergiss nicht: Dies ist mein Junggesellenabschied«, sagte John, »also scheiß auf den Jetlag, ja? Beim letzten Mal hab ich's verpasst, und ich bin am Arsch, wenn ich's diesmal wieder verpasse, also kipp dir den Scheiß hinter die Binde und feier mit. Ich weiß, Richard ist ... na ja, egal, aber er kennt die besten Adressen. Ich meine, ist doch echt cool hier, oder?«

David nickte und fragte sich, wie das *Sunbird* wohl gewesen wäre und ob immer noch die Möglichkeit bestand, dass sie am nächsten Morgen mit dem Hubschrauber zum Grand Canyon flogen.

»Pass auf«, sagte John, »ich bin dir echt dankbar für das Organisieren und so, aber du musst mal ein bisschen, na ja, flexibel sein. Was meinst du, Trauzeuge?«

David lächelte und drückte seine Zigarette aus.

»Ich meine, es ist Zeit für die nächste Runde«, sagte er.

Die Getränke wurden serviert, diesmal ein rosa Gebräu, garniert mit einem Stück Ananas. David wollte gerade einen Trinkspruch anbringen, als Richard sein Glas in die Höhe hielt.

»Auf das *Little Angels* mit seinen kleinen Engeln«, sagte Chris. »Und auf die alten Teufel!«

David leerte sein Glas und steuerte ohne ein Wort auf die Toiletten zu.

***

Zwei Stunden später war David ziemlich verloren. Nachdem er die Bar verlassen und Zigaretten gekauft hatte, entfernte er sich vom Strip und bog ohne klares Ziel in immer neue Seitenstraßen ein. Die Wärme und die Zigaretten erinnerten ihn an einen langen schwülen Sommer, in dem John und er mit zwei Kanadierinnen zusammen gewesen waren. Marie, das Mädchen, in das sich David verliebt hatte, war groß und hatte krauses Haar. Sie mochte Gin Tonic, lackierte Zehnägel und Dirty Talk. In seinem schmalen Bett hatten sie stundenlang wach gelegen, geraucht und den langsamen Tanz des Sonnenlichts auf der Wand verfolgt. David hätte ihr ewig zuhören können, und als er nun rauchend weiterlief, fragte er sich, wie und warum er es nicht getan hatte.

John war damals ziemlich wild. Seine erste Ehe machte ihm Angst: Als er eines Morgens erwachte und begriff, dass es das jetzt war und dass es nichts anderes mehr geben würde, wurde er zu Stein. Er wohnte mit Helen in einem ihm ungewohnten Stadtteil in einer Mietwohnung, die mit ausrangierten Möbeln von Helens Eltern eingerichtet war. Es war bedrückend: die viel zu großen Möbel in jener Zwei-Zimmer-Maisonettewohnung mit feuchter Küche und tropfenden Leitungen. David mochte Helen, ihre Ernsthaftigkeit, ihren eleganten Stil und ihre rasche Auffassungsgabe. Ihre rationale, logische Art glich sie durch eine gewisse Schalkhaftigkeit und kessen Humor aus. Helen war, wie John später sagen sollte, viel zu gut für Männer wie sie.

Nach sechs Monaten verließ er Helen. Er war auf irgendeiner Party gewesen und hatte die Gelegenheit genutzt, sich mit einer der Kellnerinnen näher bekannt zu machen. Um zwei Uhr morgens hämmerte er an Davids Tür, hatte nur einen kleinen Rucksack und eine Tasche mit Schallplatten dabei. John blieb sechs Jahre; Jahre, die nun beim Gehen in David vorüberzogen. Er rauchte und lief und wünschte sich, bei John zu sein; jünger, schlanker und mit weniger Wissen über die Welt und sie beide.

Er warf seine Zigarette weg und schaute sich um. Seit ein paar Minuten war er durch verlassene Gassen gelaufen. Sie führten zu staubigen zweispurigen Straßen, über die Papierfetzen, plattgedrückte Zigarettenschachteln und zerbeulte Dosen wehten. David sah sich um und war ein wenig erleichtert, als er in der Ferne einen Laden erblickte, Li's 24-Stunden-Spirituosengeschäft.

***

Als er die Tür öffnete, erklangen Glocken. Im Laden war es kühl, David wandelte mit träumerischer Benommenheit durch die Gänge. Alles war hell erleuchtet, und die Regale mit den Waren wirkten im Neonlicht tröstlich vertraut, wenn auch leicht verändert, amerikanisiert, fast schon gefälscht. David fasste an den Griff der Kühlschranktür, umklammerte ihn, öffnete sie. Er holte eine Flasche Root Beer heraus und begab sich dann zu einem Glaskasten, in dem drei Donuts lagen. Seine innere Uhr war verwirrt genug, um ihn glauben zu lassen, es gebe Frühstück und er fände dafür nichts Passenderes als eben das.

Der Mann hinter dem Verkaufstresen sah von einem tragbaren Schwarzweiß-Fernseher auf. Er tippte die Sachen ein und nannte eine Zahl, die sich anhörte wie fünf Dollar zwanzig. David hantierte an seinem Portemonnaie herum und reichte Li – falls er es denn war – einen Zehndollar-schein. Das Wechselgeld wurde auf die Theke gelegt, und der Mann wandte sich wieder seinem Fernsehprogramm zu. Kurz stand David da, unsicher, was er als Nächstes tun sollte. Er hatte eigentlich nach der Nummer des Taxis fragen, sein provisorisches Frühstück vertilgen und zurück ins Hotel fahren wollen, den Anzug ausziehen, zum Pool hinuntergehen und schwimmen, dann duschen und sich in dem riesengroßen Bett mit den seidenweichen Kopfkissen schlafen legen. Einen Moment lang erschien ihm das nun völlig absurd. Er nahm sein Wechselgeld, die Tüte mit den Donuts und das Root Beer und verließ den Laden. Beim Hinausgehen klingelte die Tür wie lose Geldstücke.

Draußen war es nun völlig dunkel, der Himmel war gespickt mit Sternen und dem Licht ferner Kasinos. David setzte sich an einen Picknicktisch aus Beton und machte sich über die Donuts her. Sie waren schon älter, die Glasur trocken und staubig, und er aß sie schnell ohne rechten Genuss. Dann öffnete er das Root beer und nahm einen langen Schluck. Der medizinische Geruch erinnerte ihn daran, wie er mit John immer im McDonald's in Newbury herumgehangen hatte, wie sie mit Strohhalmen Root Beer tranken und sich über Susan Tucker aus der Oberstufe unterhielten, die dort samstags arbeitete.

David zündete sich eine Zigarette an und schaute die Straße hinunter. Es waren weder Autos noch Menschen zu sehen, nicht einmal Lichter. Mit dem Stiefel stieß er gegen einen Stein und spuckte nur aus, weil niemand da war, der ihn sehen konnte. In genau dem Moment kam der Mann aus dem Geschäft, holte ein Packung Camel aus der Tasche und zündete sich eine Zigarette an.

»*Delphinium?*«, fragte er.

»Wie bitte?«

Der Mann wies mit der Zigarette hinter sich.

»Du gehen *Delphinium*? Alle, die hier kommen, gehen da. Ich sehe, du gehen *Delphinium*.«

David wusste nicht, was er antworten sollte, und grinste deshalb breit und dämlich in der Hoffnung, es würde reichen. Doch der Mann aus dem Laden drängte sich an ihn heran und zupfte an seinem Jackenärmel. Die Zigarette hatte er in den Mundwinkel geklemmt.

»Du sehen – *Delphinium*«, sagte er und zeigte auf Lichter in der Ferne. »Gute Kasino, beste in Stadt.«

Der Mann sah sich um, sein Gesicht runzlig und fragend.

»Wo ist Auto?«

»Wie bitte?«, sagte David.

»Du nicht kommen mit Auto?«

»Ah, verstehe. Nein. Ich bin zu Fuß gegangen.«

Der Mann zupfte erneut an seinem Ärmel und zeigte auf einen schmalen abgezäunten Weg. »Zehn Minuten. Höchstens fünfzehn. Fahre ich mit Motorrad.«

Am Ende des Pfades waren die Lichter, und sie waren verlockend. David kniff die Augen zusammen, und die Farben wurden zu Pixeln. Der Verkäufer drängte ihn voran, und David machte sich eher zögerlich auf den Weg. Er fragte sich, ob er gerade in eine Falle lief. Ob er später niedergeknüppelt und ermordet werden würde oder erst ausgeraubt und dann vergewaltigt. Doch er konnte nicht mehr zurück, konnte nicht mehr nach der Taxinummer fragen, um zurück zum Strip zu fahren. Entweder das *Delphinium* oder gar nichts. Der Mann machte ihm Zeichen weiterzugehen, und David lächelte, fühlte sich selbst in der offenen Weite der Einöde gefangen.

»Sag, Li dich hat geschickt«, sagte der Mann, so als sei es ihm nachträglich eingefallen. David winkte zurück, entschlossen, das auf gar keinen Fall zu tun. Sobald er das *Delphinium* erreicht hätte, würde er etwas zu trinken bestellen, irgendeinen Cocktail, und sich dann vom Portier ein Taxi rufen lassen. Darüber dachte er beim Gehen nach, über den

Cocktail – er konnte sich einen Whiskey Sour vorstellen, vielleicht auch einen Martini – und über das Taxi, möglicherweise eine Limousine. Ja, dachte er, eine Limousine; man stelle sich nur die Gesichter auf dem Junggesellenabschied vor, wenn er auf die Hupe drückte, die leeren Gesichter, wenn sie sich fragten, ob er eine Million an den Spielautomaten gewonnen hatte. Ja, dachte er, Cocktails und Limousinen, heim und ins Bett.

***

Es dauerte zwanzig Minuten, bis er die Fünfziger-Jahre-Fassade des *Delphinium Casino and Hotel* erreicht hatte. Das Gebäude wurde von zwei großen Scheinwerfern hell erleuchtet und wimmelte nur so vor Menschen. Uniformierte Valets steuerten Autos mit breiten Heckflossen davon, während Portiers deren Besitzer an den Drehtüren begrüßten. Die Kasinobesucher waren anders als die Leute, die David an den Tischen und Automaten auf dem Strip gesehen hatte. Sie waren smart, die Menschen hier; hauptsächlich Pärchen: die Herren in maßgeschneiderten Anzügen, die Damen in eleganten, fließenden Abendkleidern. Die Türsteher begrüßten jeden der gut gekleideten Stammgäste persönlich.
David richtete seine Krawatte und fuhr sich mit den Händen durch das schütter werdende Haar. Ein Drink, sagte er zu sich selbst, dann würde er ein Taxi rufen. Er hörte das Geplauder, spürte die Aufregung der durch die Türen strömenden Gäste.
»Guten Abend, Sir«, sagte der Portier. »Willkommen im Delphinium.«

***

In der Lobby roch es schwer nach Tabak, Leder und frischen Schnittblumen. Herren und Damen wandelten hindurch und schritten die eindrucksvolle Treppe hinunter. Die dunkle Bar an ihrem Fuße war gut gefüllt; Grüppchen tranken und unterhielten sich, manche in Sitzecken, andere an runden Tischen; wieder andere standen, stachen Zigaretten mit langen Spitzen in die Luft. Hinter der Tür hielt David inne und ließ die Geräusche der Damenabsätze auf Marmor, die unterdrückten Gespräche, die leise Musikbegleitung auf sich wirken. »Ist es nicht einfach unwiderstehlich?«, sagte eine Frau im smaragdgrünen Kleid mit silbernem Brokat im Vorbeigehen zu ihrem Begleiter. »Ist es nicht einfach göttlich?«

Als David merkte, dass er die Tür blockierte, folgte er dem Pärchen unauffällig an zwei Telefonzellen und der Rezeption vorbei und dachte, wie sehr John dieser Ort gefallen würde: die clubartige Vornehmheit, die gut gekleideten Frauen, der lässige amerikanische Chic. Ava Gardner hätte hier hineingepasst, dachte er, Frank Sinatra, Dorothy Parker, aber vor allem John. David konnte ihn sich vorstellen, wie er, ein Glas in der Hand, sich durch den Raum plauderte, als sei er zu nichts anderem geboren, ein Lächeln auf den Lippen, und die Frauen bekamen bei seinem Akzent weiche Knie.

David gelangte an die Treppe und wollte gerade zur überfüllten Bar hinuntersteigen, als ihn ein Mann ansprach. Er hatte gegeltes Haar und feuchte Lippen, seine Miene zeigte äußerste Besorgnis.

»Entschuldigen Sie, Sir, kann ich Ihnen vielleicht behilflich sein?«

David schaute erst auf den Mann, dann auf die Treppe. »Ich möchte eigentlich nur etwas trinken, wenn das in Ordnung ist.«

Der Mann lächelte und wirkte ein wenig erleichtert. »Aber sicher, Sir«, sagte er. »Vielleicht interessiert es Sie auch zu hören, dass Miss Amelia gleich auf die Bühne kommen wird, in« – er holte eine Taschenuhr hervor und warf einen Blick auf das Zifferblatt – »nicht ganz fünfzehn Minuten. Sie wird in der Oak Bar auftreten, das ist durch die Doppeltüren links von der Bar.« Mit diesen Worten verbeugte er sich, schlug die Absätze zusammen und steuerte auf die Rezeption zu.

David bewegte sich langsam, leicht verwirrt. Gesprächsfetzen drangen an sein Ohr, das hohe Kichern koketter Frauen, das brummende Lachen der Herren. Er konnte den Blick einfach nicht von den Tischen abwenden. Wenn die Männer wie Filmstars aussahen, so schienen die Damen – ihre Locken- und Ringelfrisuren, ihre offenbar von Miederwaren geschnürten Taillen – wie aus einer anderen Welt. Alle perfekt geschminkt, und als Davids Blick zu lange auf einer von ihnen verweilte, erwiderte sie ihn mit einem Ausdruck vernichtender Geringschätzung. Beschämt hielt er den Kopf gesenkt, bis er an der Theke stand.

»Hallo, Sir, was darf ich Ihnen anbieten?«, fragte der Barkeeper. Wie der andere Angestellte des Hotels war er tadellos gekleidet, hatte gegeltes Haar, Geheimratsecken und ein gepflegtes Menjoubärtchen.

»Ich dachte an einen Cocktail«, sagte David. »Sieht so aus, als würden hier alle Cocktails trinken.«

»Eine kluge Entscheidung, Sir. Und möchten Sie irgendeinen bestimmten Cocktail ...?«

»Also, ich dachte an ...«

»Verzeihen Sie bitte, Sir, aber ich würde einen Manhattan empfehlen. Ich rühme mich, den besten Manhattan in der ganzen Gegend zu machen.«

David zündete sich eine Zigarette an und nickte. »Ein Manhattan klingt gut, danke.«

***

In der ihm nächsten Sitzecke unterhielten sich drei Pärchen über ihre Häuser in Malibu Beach, die Probleme mit den Hausangestellten und ihre Pläne für einen Urlaub in Paris. Einer der Männer hatte sich vor kurzem eine Thunderbird von Triumph zugelegt und schwärmte verzückt von dem

Motorrad. Die Frau rechts von ihm sagte, ihrer Meinung nach sei es abwegig, vor den großen Dingen im Leben Angst zu haben, wenn man doch jeden Moment sterben könne – insbesondere hinten auf einem Motorrad.

»Ach, Bunny, was geht nur in deinem Kopf vor!«, protestierte ihr Begleiter. »Findest du einen Motorradunfall wirklich genauso tragisch wie eine globale Apokalypse?« Er kaute auf einer dünnen Zigarre herum und trug eine randlose Brille. Sein gasblauer Anzug saß an den Schultern wie angegossen.

»Ach, du ziehst mich immer auf, Harry. Du weißt ganz genau, was ich meine. Wie man stirbt, ist unbedeutend. Ob allein oder zusammen mit dem Rest der Welt: Die Wirkung ist ziemlich dieselbe«, sagte Bunny. Sie hatte geflochtenes Haar und trug ein eng anliegendes Kleid aus schwarzem Samt.

»Das klingt jetzt«, sagte ein fülliger, jedoch nicht unattraktiver Mann und wackelte mit dem Zeigefinger, »gefährlich nach Politik. Und wir alle kennen die Vorschriften, was das betrifft.«

»Es ist eher …«, entgegnete Bunny und zog an ihrer Zigarette, »eine philosophische Frage, meinst du nicht, Harry?«

»Frag mich nicht; beides interessiert mich fast oder gar nicht«, sagte Harry. »Ich kann nur sagen, wenn die Thunderbird auch noch so gefährlich ist und einen thermonuklearen Krieg auslösen könnte, würde ich sie trotzdem niemals aufgeben. Nie im Leben.«

Seine Gattin, eine vogelähnliche Frau mit blondem Pony und einer kleinen Narbe am Kinn, legte ihre behandschuhten Finger auf seinen Sakkoärmel.

»Und ich bin auch froh darüber. Er ist so eine Augenweide mit dem Ding zwischen den Beinen.«

Sie lachten, alle, und David wandte schnell den Blick ab, damit sie ihn nicht beim Lauschen ertappten. Er drückte seine Zigarette aus und suchte in der Tasche nach dem gefalteten Stadtplan des Strips und seiner Umgebung. Zum Teil fühlte er sich bestätigt, weil er die Feier verlassen hatte; ein anderer

Teil war heftig enttäuscht, dass er dieses Etablissement nicht selbst gefunden hatte, weder online noch in einem der vielen Reiseführer, die er gekauft hatte. Er klappte den Plan auseinander und nahm einen Schluck von seinem Cocktail. Dann einen längeren. Er war göttlich.

»Ist der Manhattan zu Ihrer Zufriedenheit?«, fragte der Barkeeper.

»Ja«, sagte David. »Er ist ... köstlich.«

»Darf ich Ihnen vielleicht noch einen machen, Sir?«

»Das wäre wunderbar, danke.«

Der Barkeeper hielt mitten in seinem mühelosen Schweben zum Bourbon und dem Bitter inne und schaute über die Theke.

»Entschuldigen Sie bitte, Sir«, sagte er mit gesenktem Kopf. »Aber könnten Sie bitte davon Abstand nehmen, in der Bar zu lesen? Das ist leider gegen die Hotelvorschriften.«

»Ah«, machte David. »Tut mir leid, ich wollte nur ...«

»Das verstehe ich natürlich, Sir«, sagte der Barkeeper, faltete den Stadtplan geschickt zusammen und reichte ihn David zurück, »aber dies ist eine Bar, in der die Menschen sich wohlfühlen sollen. Und unser Stammpublikum fühlt sich nicht so wohl mit Gästen, die allein kommen und lesend an der Theke sitzen. Ich hoffe, Sie verstehen das.«

David sah sich im Raum um und schaute dann auf die Stelle, wo die Karte gelegen hatte. Er steckte den gefalteten Plan in die Manteltasche. Der Barkeeper stellte eine Silberschale mit Cashewnüssen vor ihn.

»Danke sehr, Sir«, sagte er. »Ich bin froh, dass Sie das verstehen.«

***

Nach dem zweiten Manhattan fragte sich David, ob er betrunken war oder nur Halluzinationen von der Hitze und dem Spaziergang hatte. Rechts von ihm saß ein Liebespaar in einem kleinen Séparée für zwei Personen. Die beiden unterhielten sich mit gesenkter Stimme und wählten zurückhaltende, fast prüde Worte. Doch auf sie schienen sie Wirkung zu haben: Die Hand des Mannes lag auf dem Oberschenkel der Partnerin und schob sich höher. Sie – eine Frau, die nicht mit ihm verheiratet war – gab lediglich vor, seine Hand aufhalten zu wollen. David wurde heiß in seinem Anzug, er öffnete den obersten Hemdknopf. Er klopfte auf die Zigarettenpackung und fragte sich, wo die anderen jetzt wohl waren. Höchstwahrscheinlich in einer Limousine, die sie an den Stadtrand brachte.

Das Pärchen unterbrach seine Zärtlichkeiten und erhob sich, ebenso die drei Paare in der größeren Sitzecke. David schaute über die Schulter zu ihnen hinüber. Sie waren wie Puppen, belebtes Spielzeug, das durch große Doppeltüren raschelte.

»Wenn Sie Miss Amelia sehen wollen, Sir«, sagte der Barkeeper, »wäre es jetzt vielleicht angebracht, sich in den Oak Room zu begeben. Dort werden Sie von einer Kellnerin am Tisch bedient.«

»Was für Lieder singt sie denn?«, fragte David. »Ich war nicht ... Ich meine, ich bin nicht eigens hergekommen, um sie zu sehen, deshalb ...«

»Sie ist wunderbar«, sagte er. »Sie singt eine unglaubliche Version von *Summertime*. Und von *As Time Goes By* und *Moon River*. Sie hat eine Stimme wie Rauch auf Samt.« Der Barkeeper lächelte sehnsüchtig und bediente einen anderen Gast. Ein Rugby-Typ mit kantigem Kinn, der sich vorbeugte und dem Barkeeper einen Geldschein zusteckte. Der betrachtete seine Fingernägel, und der nächste Schein wurde hervorgezaubert. Dann begab sich der Gast zurück zu seiner Gruppe und legte die Hand auf den unteren Rücken seiner Frau.

David schaute sich um. Jetzt war kaum noch jemand in der Bar, lediglich einige Paare, die zu sehr ineinander vertieft waren, um sich für Musik zu interessieren. Es gab hier auch gar keine Musik. Überhaupt keine Hintergrundgeräusche.

Man hörte den Hochbetrieb aus dem Nebenraum, hin und wieder Applaus, gedämpfte Gespräche, aber sonst nichts. Weder das Klingeln von Mobiltelefonen noch die Jingles aus Münzautomaten oder der aus Kopfhörern sickernde Lärm; die Atmosphäre war ungestört, so entspannt wie ein alter weicher Schuh.

»Ich muss gleich mal kurz weg. Darf ich Ihnen vorher noch etwas servieren?«, fragte der Barkeeper.

»Ähm, nein, denke ich. Ich denke, ich sollte jetzt zurück ins Hotel.«

»Wohnen Sie nicht bei uns, Sir?«

»Nein, ich wohne im ...«

»Es ist wirklich nicht nötig, dass der Herr mich in seine Privatangelegenheiten einweiht. Darf ich Ihnen also noch einen letzten Drink anbieten?«

David sah auf die Uhr, wusste aber nicht mehr, ob es sechs Uhr morgens, sechs Uhr abends oder sechs Uhr britischer Zeit war.

»Gut, ich nehme noch einen. Aber darf ich Ihnen eine Frage stellen?«, sagte David. »Wie kommt es, dass Sie in keinem Reiseführer und auf keiner Karte zu finden sind?«

»Ach, das ist recht einfach, Sir«, sagte der Barkeeper. »Das Management ist der Ansicht, Werbung sei unfein und unnötig und ziehe nur eine Sorte von Gästen an, die nicht zum *Delphinium* passt.«

Er stellte das Glas auf eine Papierserviette. »Genießen Sie es, Sir«, sagte er. »Ich bin gleich wieder da.«

***

Der Barkeeper kehrte in Begleitung des Rugby-Spielers zurück. Hinter der Theke wurde ein altes Bakelit-Telefon hervorgeholt, und der Gast führte ein dringliches, geflüstertes Gespräch.

»Man könnte meinen, er hat eine Affäre, nicht wahr?«, sagte eine Stimme. David drehte sich um, hinter ihm stand ein

Mann mit zerzaustem Haar mit grauen Schläfen und einem schmalen Bart. Er trug eine dunkle Brille und einen silberdurchwirkten Straßenanzug mit Fliege, wie im Süden. Der Barkeeper entschuldigte sich bei David und stellte hastig ein Bier vor den Mann.

»Aber die Sache ist, dass man es nie genau weiß, nicht? Man weiß es nie ganz genau.« Bei diesen Worten begann er zu lachen; er lachte, als könnte er nicht mehr aufhören. Er hob die Hände, als wollte er sich entschuldigen, und rief dem Barkeeper zu:

»Hey, Kumpel, mach dem Jungen hier einen Drink. Geht auf mich.«

Der Barkeeper griff wieder zum Bourbon, und der Mann neben David streckte ihm die Hand hin, seine Lippen kämpften gegen seine Belustigung.

»Heiße Flagstaff.«

David leerte sein Glas und schaute den Mann an. Flagstaff hatte eine Säufernase und gutmütige Gesichtszüge wie ein Jagdhund. David gab ihm die Hand.

»David. David Falmer.«

»Tja, David Falmer, Sie sind weit weg von zu Hause, stimmt's?«

»Ich bin zufällig vorbeigekommen«, sagte David. »Ich war spazieren, und auf einmal war ich hier, wissen Sie.«

»Manchmal ist das der beste Weg, um zu finden, was man sucht, Mann«, sagte Flagstaff und widmete sich wieder seinem Glas. Erneut musste er lachen und erstickte fast an seinem Bier bei dem Versuch, es sich zu verkneifen. Schaum besprenkelte seinen Bart und tropfte auf seinen Anzug. Er wischte ihn ab und lachte laut auf.

»Oh, Mann, Sie müssten mal Ihr Gesicht sehen! Was für ein Bild! Was für ein Wahnsinnsfoto! Ich beobachte Sie jetzt schon seit einer Stunde, und ich fasse es immer noch nicht. Sagen Sie mir eins, jetzt mal ehrlich, sagen Sie mir, Sie glauben doch nicht wirklich, dass das hier alles echt ist, oder?«

David dachte an die perfekten Frisuren, die Zigarettenetuis, die alten Armbanduhren.

»Entschuldigung, ich weiß nicht ...«

»Schwachsinn, Junge! Du hast gedacht ...« – Flagstaff wiegte sich auf dem Barhocker vor und zurück – »Scheiße, was hast du gedacht? Dass das hier so eine Art *Brigadoon* in Las Vegas ist? Dass alle Leute hier Geister sind oder so'n Mist? Junge, ihr Engländer seid so dämlich. Ich hab schon viele Engländer kennengelernt, die waren alle dämlich, aber du? Du bist der dämlichste, den ich je gesehen habe!«

Heftig schlug er mit der Hand auf die Theke. David fühlte sich von seinem Lachen angesteckt.

»Ich hab wirklich nicht ...«, begann David, dem langsam dämmerte, wie dumm er gewesen war. »Also, was ist hier ...«

»Was hier verdammt noch mal los ist? Gute Frage, Junge, verdammt gute Frage.« Flagstaff nuckelte an seiner Bierflasche und rückte seinen Hocker näher an David heran.

»Da hinter der Tür singt eine Frau Lieder aus einer Zeit, als die Omas und Opas von diesen Leutchen noch nicht mal auf der Welt waren. Miss Amelia, das ist der Chic des Kalten Krieges, und das hier sind ihre Kinder aus dem Kalten Krieg. So nennen sie sich nämlich: die Kinder des Kalten Krieges. Es ist hier alles nur gespielt. Nichts als eine Horde stinkreicher Aufschneider, die sich mit dem Anzug ihres Opas und dem Petticoat ihrer Oma verkleiden. Sie laufen hier rum und tun so, als wäre es 1952, oder vielleicht war es auch 1955 – kann ich mir nie merken. Letzte Woche hatten sie eine Zivilschutzübung und hockten die ganze Nacht im Atombunker unten im Keller. Verdammt glückliche Zeiten, was?«

Flagstaff leerte sein Bier und winkte den Barkeeper zu sich. »Pass mal auf!«, sagte er grinsend zu David.

»Hör mal, Kumpel, kannst du mir noch ein Bier bringen und vielleicht ein paar von euren Käsecrackern?« Der Barkeeper nickte. »Ach, und kannst du mir noch mal sagen, welches Jahr genau gerade ist? Ich werde nämlich ein bisschen senil, weißt du.«

»Zum allerletzten Mal, Mr Flagstaff«, sagte der Barkeeper, »diese Themen verstoßen gegen die Kasinoregeln.«

»Siehst du!«, sagte Flagstaff. »Ein Haufen beschissener Aufschneider.«

Er lachte, und ohne es zu wollen, fiel David ein. Er sah sich dort mit offenem Mund sitzen und erkannte, wie dumm er ausgesehen haben musste. Die beiden stießen an, und Flagstaff gab noch eine Runde aus. Sie gerieten ins Plaudern darüber, warum junge Männer und Frauen Zeiten nachstellten, die sie selbst nicht erlebt hatten.

Es war die Art von Unterhaltung, die er früher mit John geführt hatte: locker, lustig, aber gerade ernsthaft genug, um nicht ins Oberflächliche abzurutschen. Es waren die Gespräche, die damit endeten, dass John eine Wahrheit aussprach, eine langatmige Wahrheit über sein Leben. Über den Tod seiner Mutter, seinen arbeitswütigen Vater, sein schnelles Entflammen für Frauen und über die Schuldgefühle, die er wegen Helen immer noch hatte. Über die Abtreibung und die Träume, die von der Last seiner eigenen Erwartungen und von seiner Faulheit erdrückt worden waren.

In solchen Momenten hörte David zu und bot keinen anderen Rat an als ein tröstliches Nicken oder ein gelegentliches »Verstehe«. Aber jener John, der John, der spätnachts mit zarter Freimütigkeit redete, war schon vor langer Zeit weggepackt und verstaut worden. Heute gab es keine Zweifel mehr, keine störend kläffenden Hunde in Johns Hinterkopf, nur noch Termine, Daten, Pläne und Entscheidungen. Und wenn David es von dem Standpunkt betrachtete, wurde ihm klar, wie falsch er mit allem gelegen hatte.

»Ich muss langsam los«, sagte er. »Ich hab meinen Freund zurückgelassen und ... ich muss einfach zurück.«

»Och, Dave, das tut mir aber weh. Ich dachte, du würdest noch bis zu meiner Vorstellung bleiben.«

»Würde ich ja gerne, aber ... Ich muss wirklich zurück.«

»Leih mir mal 'ne Zigarette«, sagte Flagstaff. »Ich geb dir noch eine Privatvorstellung, bevor du gehst.«

Flagstaff holte ein Zippo aus der Tasche und zündete die Zigarette an. Er inhalierte den Rauch, dann blies er einen perfekten Kreis, ein makelloses Quadrat, schließlich ein gleichseitiges Dreieck. David war sprachlos; eine klare Erinnerung suchte ihn heim.

»Ach, du meine Güte, du bist dieser rauchende Typ!«, sagte er. Flagstaff sah ihn an und grinste breiter und verrückter, als David je gesehen hatte. Dann fuhr er fort, lächelnd Quadrate, Kreise und Dreiecke aus Rauch auszublasen.

»Muss schon fünfundzwanzig Jahre her sein«, sagte David, »aber ich kann mich noch ganz genau erinnern. Kann mich noch ganz genau an dich erinnern. Damals hattest du langes Haar und einen riesigen alten Bart und formtest aus dem Rauch alle möglichen Figuren. Unglaubliche Sachen. Es war das Beste, was ich je in der Zaubervorstellung von Paul Daniels gesehen habe, jetzt ganz im Ernst.«

Flagstaffs Lächeln bröckelte und verschwand. Seine Augen wurden dunkel und schmal. Es war, als wäre der gesamte Raum verstummt.

»Red in meiner Gegenwart nie wieder von diesem Arschloch, ja? Niemals.«

Er blies einen Davidsstern.

»Daniels ... Daniels ist eine verdammte Laus. Ein verfluchter Zwerg mit Glatze, der mit einem Toupet auf dem Kopf rumläuft, auf das nicht mal ein betrunkener Ray Charles reinfallen würde.«

Er leerte sein Glas und blies ein Fünfeck. David machte offenbar ein bestürztes Gesicht, denn Flagstaff legte ihm eine Hand auf den Arm.

»Hör zu, Dave, tut mir leid. Ich wollte nicht so ... keine Ahnung, aber das geht mir immer noch ans Eingemachte. Ist fünfundzwanzig Jahre her, und trotzdem tut es immer noch weh. Weißt du, ich sollte für Daniels damals auf seiner Welttournee als Vorprogramm auftreten. 1983 war das. Zweihundert Termine weltweit, Fernsehsendungen, das ganze Programm eben. Er legt mir den Vertrag vor, und ich mache

Druck, will mehr von der Abendkasse. Das Management kommt mir ein bisschen entgegen, aber nicht so weit, wie ich will. Ich sag, ich wäre ein Kassenmagnet, ich würde dafür sorgen, dass sie jeden Abend volles Haus hätten. Mein Manager rät mir, auf das Angebot einzugehen, ich hätte sie schon weit genug, weiter würden sie nicht gehen, und ich sag, ich würd's mir überlegen. An dem Wochenende geh ich feiern und baller mich zu. So zu, dass ich mich an nichts erinnern kann, dass mich eine Woche lang keiner finden kann. Mein Manager versucht, alles unter den Teppich zu kehren, und ist sich ziemlich sicher, dass Daniels' Leute nichts mitbekommen haben. Wir machen eine Generalprobe, und bei mir flippt der Laden aus. Da merkt Daniels, wie sehr mich das Publikum liebt. Der Blödmann bekam Schiss. Echt, der hatte Riesenschiss, er war superneidisch.«
Flagstaff blies ein perfektes Sechseck in die Luft und lachte.
»Zumindest dachte ich das damals, ja? Ich bin nicht naiv, aber schon damals war meine Show, wie soll man sagen, nicht ganz unumstritten? Scheißegal, der Vertrag lag auf dem Tisch, und ich hätte unterschreiben können. Hätte es einfach schlucken sollen, aber haha, ich wusste es ja besser. Jugendlicher Übermut, was? Nur ein Vollidiot hätte noch mehr haben wollen. Alle sagten mir, ich solle auf der gestrichelten Linie unterschreiben, aber ich war zu sehr damit beschäftigt, den Weitpisswettbewerb gegen den Zauberzwerg zu gewinnen. Als ich endlich runtergekommen war, hatte Daniels längst gewonnen und den Auftritt irgendso 'nem bescheuerten Trapezkünstler angeboten.«
Flagstaff schüttelte den Kopf und blies mehrere komplizierte Figuren, abschließend eine amerikanische Flagge.
»Die Sache ist, dass Daniels mich ein paar Monate vorher, als wir uns noch gut verstanden, davor gewarnt hatte, alles hinzuwerfen. Wir waren in der Bar hinter der Bühne, nach der Vorstellung, die du auch gesehen hast. Wir hatten was getrunken, und ich fragte ihn, wie so ein mickriger, hässlicher Kerl wie er es geschafft hätte, eine Fernsehsendung

zur Hauptsendezeit, eine sexy Blondine als Frau und eine Welttournee mit zweihundert Terminen an Land zu ziehen. Er sah mich an und sagte: ›Weißt du was, Flagstaff, ich habe keine Ahnung. Ich weiß nur, dass man in seinem Leben genau ein Talent bekommt. Ob das jetzt gottgegeben ist oder aus den Genen oder der DNA kommt, keine Ahnung. Aber Flagstaff, ich weiß ganz genau, dass man nur ein Talent hat. Ein einziges. Also macht man das Beste daraus, solange es geht.‹«

Der Rauch löste sich auf, und er pustete auf das Ende seiner Zigarette. Dann schmunzelte er in sich hinein.

»Kein großer Philosoph, der Daniels, aber er hatte recht. Wenn ich auf ihn gehört hätte, hätte ich den Vertrag vielleicht unterschrieben und genug Geld für meine Rente beisammen, dann säße ich jetzt nicht hier und müsste fünfzig Jahre alte Witze erzählen, aus Zigarettenrauch Elefanten blasen und mir in der Garderobe einen runterholen. Zuhören war bei mir schon immer ein Problem. Ich höre, aber ich höre nicht zu.«

Flagstaff rollte seine Zigarette im Aschenbecher, dann drückte er sie aus. David dachte an John, an die alte Wohnung, die kanadische Freundin und all die Zeiten, wenn er zugehört hatte, wenn er die Hand wohlplatziert auf Johns Arm gelegt oder ein sanftes »Verstehe« von sich gegeben hatte. David sagte: »Ich bin eigentlich gut im Zuhören. Das kann ich offenbar am besten.«

Darauf lachte Flagstaff nur, klopfte David auf den Rücken und verabschiedete sich. Neben seinem Glas schwebten ein blasser Rüssel und zwei Stoßzähne in der Luft.

***

Ein oder zwei Stunden später öffnete David die Tür zu seinem Hotelzimmer. John saß zusammengerollt in einem Polstersessel und schaukelte leicht vor und zurück. Er trug nur Unterwäsche, sein Haar war zerzaust, zu seinen Füßen stand eine leere Flasche. Er schien nicht zu merken, dass David hereinkam.

»Tut mir leid«, sagte David. »Ich hab die Zeit vergessen. Ich wollte nur spazieren gehen. Und ehe ich mich versah, war ich mitten im Nirgendwo, echt, ich hatte mich richtig verirrt ...«

David wollte John alles über Flagstaff erzählen, über das Kasino und seine Stammgäste, doch die Worte erstarben ihm auf den Lippen. Er bemerkte, dass sein Freund zitterte, dass sein Körper im Dämmerlicht schlotterte.

»Alles in Ordnung?«, sagte David. »Was ist denn passiert?«

John schaute seinen Freund an und sah zu Boden. »Ich will nicht darüber reden«, sagte er. »Ich will niemals darüber reden.«

U-Bahn

Mehrere Jahre hatte er gebraucht, um sich eine solide, über-zeugende Geschichte über eine ererbte Schlafstörung zu-rechtzulegen. Sie sei auf der mütterlichen Seite seiner Familie weitergegeben worden, behauptete er, und habe zur Folge, dass er oft schreiend erwache oder überhaupt keinen Schlaf finden könne. Nichts, um das man sich Sorgen machen müsse, hatte er ihr versichert, seine Arme um ihren Brustkorb geschlungen, es gehöre einfach zu ihm, so wie sein Körper oder die Schuhgröße. »Die Ärzte nennen es Nachtschrecken«, hatte er mit schiefem Lächeln gesagt. »Hört sich an wie bei einer alten Adelsfamilie, nicht?« Sie hatte ein wenig gelacht und ihn dann geküsst. In dieser ersten Nacht schlief er durch, und er schlief auch noch viele Nächte danach.

Als einige Wochen später die ersten Anfälle einsetzten, fühlte sich Jean darauf vorbereitet. Instinktiv wachte sie auf und versuchte sofort, ihn zu beruhigen. Sie hielt ihn fest und spürte seinen unregelmäßigen Herzschlag; sie strich ihm übers Haar und sagte ihm, dass ihm nichts passieren könne, dass sie bei ihm sei. Reglos lag Peter in ihren Armen. Als sie versuchte, seine Hand zu halten, verweigerten sich anfangs seine Finger, und als sie schließlich nachgaben, war es nur sehr widerwillig. Jean sprach leise, beruhigend, sagte alles, was ihr gerade in den Kopf kam. Sie erzählte von ihren Träumen und Ideen für das Haus, das sie zusammen haben würden; die Autos, die sie fahren, die Orte, die sie besuchen würden. Und sie hielt ihn fest umarmt, bis er irgendwann einschlief. Monatelang ging das so. Als sie in das Haus mit den drei Schlafzimmern zogen, hatte sie sich an seine Schreie und sein Zittern gewöhnt, beides weckte sie nachts nicht mehr auf.

Ihr Vater und ihre Mutter hatten manchmal unter Schlaf-losigkeit gelitten. Als Teenager war Jean daran gewöhnt,

mitten in der Nacht aufzustehen und den einen oder anderen mit einer Zeitschrift oder einem heißen Getränk in der
Hand auf dem Sofa sitzen zu sehen. Manchmal blieb sie
dann bei ihnen oder holte sich nur ein Glas Wasser und
nahm es mit in ihr Zimmer. Das hatte Jean immer für normal gehalten und war deshalb erstaunt, als sie feststellte,
dass ihr erster Ehemann in so gut wie jeder Situation durch-
schlafen konnte. Es war ihr immer irgendwie unheimlich
erschienen. Und dann sagte er oft: »Ich habe geschlafen wie
ein Toter«, und sie dachte dann, was das für ein rundum
furchtbarer Satz war, so kühl und unerfreulich. Dass ihre
Ehe nur ein Jahrzehnt hielt, lag nicht nur an seinem festen
Schlaf, obwohl Jean nicht umhin konnte, zu glauben, es
sei Zeichen für einen verhängnisvollen Fehler ganz tief in
seinem Charakter.

Peters Fehler waren offensichtlicher, Jean hatte sie von dem
Moment an erkannt, als sie ihn kennenlernte. Es war auf
dem Sommerfest der Firma, er war von seinem Chef zur
Teilnahme verpflichtet worden. Jean hatte Peter vorher nie
gesehen – er war Berater –, und man sah, dass er sich nicht
wohlfühlte. Er trug einen verknitterten Anzug, hatte ständig Schuppen auf den Schultern und Schweißperlen auf der
Oberlippe. Sie standen in einem Garten, der von zahllosen
Blattläusen heimgesucht wurde. Eine bedauernswerte Frau
in Gelb war von ihnen übersät, unzählige Pünktchen klebten auf ihrem Kleid. Jean stand neben Peter, und beide
sahen zu, wie die Frau – Kathy von der Vertriebsprüfung –
die Geduld verlor und versuchte, die Insekten vom Stoff ab-
zuwischen.

»Sie sind bestimmt froh, dass Sie nichts Gelbes angezogen
haben«, sagte Jean zu ihm.

»Ziemlich«, sagte er. »Würde sich furchtbar mit meinen
Schuhen beißen.« Er lächelte kurz. Jean war schweigend
entwaffnet.

Sie stellte sich ihm vor, und die beiden unterhielten sich
über die Arbeit. Jean gab boshafte Kommentare über ihre

Kollegen ab, erzählte von deren Taktlosigkeiten und schlechten Gewohnheiten. Peter lachte und trank seinen Wein, kommentierte, wo es angemessen schien. Als niemand mehr blieb, den man auseinandernehmen konnte, schlug Jean vor, die Party unauffällig jeder für sich zu verlassen und sich auf dem Parkplatz wieder zu treffen. Sie ging zuerst, Peter trank seinen Wein aus und fragte sich, ob sie in fünf Minuten noch da sein würde.

Der Parkplatz war leer, doch er fand sie an einen Holzzaun gelehnt und mit ihrem Handy telefonierend. Ihr Sommerkleid gab den Blick auf ihre Beine frei, ihre Espadrilles mit dem Keilabsatz ließen sie größer wirken, eine träge Windböe spielte mit ihrem Haar. Als Peter auf sie zuging, knöpfte er sein Jackett zu und knöpfte es wieder auf. Sie erblickte ihn, beendete ihr Gespräch und sagte, sie kenne ein Restaurant ganz in der Nähe, nicht weit zu Fuß. Jean hakte sich bei ihm unter, und sie plauderten darüber, wie sonderbar es sei, dass sie sich noch nie über den Weg gelaufen wären.

Sie aßen auf der Terrasse eines spanischen Restaurants, pickten Fisch und Fleisch aus kleinen Terracottaschälchen. Es war vor allem Jean, die das Gespräch führte, Peter hörte aufmerksam zu, den Kopf auf die Faust gestützt, die braune Krawatte gelockert und weit auseinandergezogen. Um sie herum wurde es dunkel; Pärchen kamen und gingen. Sie tranken viel Wein und erzählten sich Anekdoten. Er sprach mit einem leicht schleppenden Akzent, der irisch oder schottisch sein mochte. Das gefiel ihr, egal aus welcher Gegend er kam. Als die Rechnung kam, teilten sie sie untereinander auf, und Peter schlug ihr nicht vor, einen letzten Drink zu nehmen, und ebenso wenig lud sie ihn auf einen Kaffee in ihre Wohnung ein. Stattdessen küssten sie sich, als es anfing zu regnen; innerhalb weniger Minuten trafen zwei Taxis ein. Sie hatten Telefonnummern ausgetauscht und dieses kribbelnde Gefühl, dass sich unmerklich etwas geändert hatte.

***

In den nächsten Wochen kaufte sie Peter ein medizinisches Schuppenshampoo und ging mit ihm einkaufen. Ohne Widerspruch ließ er alles mit sich geschehen, genoss ihre Aufmerksamkeit. Sie führte ihn in ihren bevorzugten Frisiersalon, wo ihr Stylist ihm einen neuen Haarschnitt verpasste, den er anfangs argwöhnisch beäugte, der ihm dann jedoch immer besser gefiel. Es war keine richtige Verwandlung, eher eine Überarbeitung. Jeden Tag dankte er ihr, auch wenn sie manchmal nicht wusste, wofür.

Jean las sich in das Thema »Nachtschrecken« ein, besprach ihre Erkenntnisse aber nicht mit Peter. Wann immer die Rede aufs Schlafen kam, spürte sie, wie er erstarrte, und ging daher nicht näher darauf ein. Bei ihm zu Hause, einer Wohnung mit hohen Wänden in Edgbaston, wählte sie gerne aufs Geratewohl CDs aus seiner Sammlung und lauschte ihnen, während Peter kochte. Von so gut wie keinem der Musiker hatte sie zuvor gehört, und sie staunte, wie zerbrechlich und fragil die Sänger bei diesen Aufnahmen klangen – wie Menschen, die auf einem anderen Planeten gefangen waren. Ihr gefiel, dass er andere Leidenschaften und Vorlieben hatte als sie, ihr gefiel der angestaubte Bohème-Charme der Wohnung, die gerahmten Drucke an den Wänden.

Egal ob sie bei ihr oder bei ihm übernachteten, der Nachtschrecken hielt ihn die meisten Nächte wach – trotz Jeans anfänglicher Versuche, Peter mit ausgiebigem Sex zu ermüden. Wenn er einen Anfall bekam, schlich er sich aus dem Bett ins Badezimmer, wusch sich das Gesicht, putzte die Zähne, rasierte sich, ging ins Wohnzimmer und sah fern. Er schenkte sich einen oder zwei Drinks ein und kehrte später ins kühlende Bett zurück, sein Körper frisch vom Geruch der Körperpflege und des Alkohols.

Sie verbrachten mehrere gemeinsame Urlaube, stellten den Partner den jeweiligen Eltern vor. Es waren steife und förmliche Besuche, auch wenn Jeans Vater und Peter ihre gemeinsame Vorliebe für die Küste von Suffolk entdeckten.

Die beiden saßen in hohen Ohrensesseln und unterhielten sich begeistert über die Städte Aldeburgh und Southwold; sie erzählten von Familienferien in Cottages und Wohnwagen, vom bitteren Geschmack von Adnams Ale. Bei einem dieser Treffen, nach einem schlichten Essen und vor dem geplanten Spaziergang, wurde Jean plötzlich klar, dass sie Peter heiraten würde. Vor ihrer ersten Ehe hatte sie sich wochen- und monatelang mit der Entscheidung gequält, bis sie zur Überzeugung gelangt war, das Richtige zu tun; für ihre zweite Ehe entschied sie sich ohne Zögern, als sie im Feuer- schein des Kamins ein Glas Rotwein trank und ihre geröteten Wangen sich in dessen Messingumrandung spiegelten.

Zwei Wochen später fand Peter bei seiner Heimkehr einen gepackten Koffer im Flur vor. Jean saß auf der untersten Treppenstufe und trug bereits ihren Mantel. »Wir fahren weg«, sagte sie. »Wir machen eine Magical Mystery Tour. Komm, geh duschen und zieh dich um. Beeil dich, ja?«

Sie fuhr mit ihm zu einem altersschwachen Ferienhäuschen direkt am Meer in Aldeburgh. Er liebte die ungewöhnliche Architektur des Hauses, seine abgelebten Möbel. Sie trafen spät ein, und es gelang ihm, bis etwa fünf Uhr durchzu- schlafen. Jean wachte mit ihm auf und schlug vor, zusam- men am Meer entlang spazieren zu gehen.

»Was für ein perfekter Anfang für einen Tag«, sagte er. »Wenn ich könnte, würde ich am Meer wohnen. Ich würde jeden Tag am Strand entlanggehen.«

»Genau das werden wir tun«, sagte sie. »Eines Tages machen wir das.«

***

An jenem Abend kochte sie ihm seine Leibgerichte, Krabben in Butter, gefolgt von Steak und Stampfkartoffeln. Beim Es- sen konnten sie die Wellen hören, ihr Appetit war von der Seeluft gestärkt. Vor dem Käse und den Plätzchen machte Jean ihm ihren Antrag, so wie sie es geplant hatte: in der rechten Hand ein Velourssamtkästchen mit einem schlichten Verlobungsring, den sie auf einem Flohmarkt gekauft hatte. Sie bat Peter, sie zu heiraten, und er schwieg und wischte sich den Mund mit einer Stoffserviette ab. Er nahm einen Schluck Wein und fixierte die Überreste des Mahls vor sich. Sein Gesicht war zerknittert, wirkte papierartig, ein kleiner Soßenfleck prangte am Mundwinkel. Er klopfte mit den Fingerknöcheln auf den Tisch. Jean spürte, wie ihr der Magen in die Hose rutschte, so als wäre sie vom Sprungbrett in ein gerade geleertes Becken gehüpft.

»Sag doch was«, sagte sie. »Oh, bitte, Schatz, sag doch irgendwas!«

Er wischte sich erneut den Mund ab und barg den Kopf in den Händen. Dann schüttelte er den Kopf.

»Nein«, sagte er. »Ich kann nicht. Das kann ich dir nicht antun.«

»Was kannst du nicht?«, fragte sie.

»Ich kann es nicht«, sagte er. »Ich habe mir geschworen, es nicht zu tun.«

Er sprach mit von ihr abgewandtem Gesicht. Er sagte ihr, er würde sie sehr lieben. Er sagte ihr, sie hätte ihn glücklicher gemacht, als er sich je hätte vorstellen können. Er sagte ihr, dass er es nicht so weit hatte kommen lassen wollen. Er sagte ihr, dass sie ihm Hoffnung gab und dass es nichts gäbe, was er lieber tun würde, als sie zu heiraten.

»Was ist es denn dann? Was?«, fragte sie. Er sah zu ihr auf.

»Ich glaube, ich habe ein paar Leute umgebracht.«

***

Es war der Donnerstag vor der Hochzeit, kurz nach drei Uhr morgens. Peter schlief friedlich neben Jean. Seit ihrer Verlobung, die sie nach jener langen Nacht in Aldeburgh beschlossen hatten, schlief er jede Nacht durch. Der Nachtschrecken – keine Folge von Genetik, sondern von blanker Angst – war verschwunden, ersetzt von langen, traumlosen

Schlafphasen. Peter konnte sich nicht an eine derartige Erholung erinnern; Jean konnte an nichts anderes mehr denken als an die Träume, die sie von da an quälten.

In einem wiederkehrenden Alptraum sah sie Leichen, über und über bedeckt mit Brandblasen, sie roch den beißenden Gestank brennenden Fleisches und lodernder Haare. Sie hörte das Schreien und Flehen, sah ausgestreckte Arme, das schmelzende Metall der Gürtelschnallen, sich auf dem Boden auflösende Schuhe. Und daneben er, ihr Geliebter, der alles betrachtete, dem aus irgendeinem Grund das Feuer nichts anhaben konnte, in einen Anzug gekleidet, eine Zigarette rauchend, die er an dem Inferno, das um ihn herum tobte, entzündet hatte.

An diesem Donnerstag war sie wieder davon aufgeschreckt, zum fünften Mal in den vergangenen drei Wochen, unfähig, Peter zu wecken oder selbst wieder einzuschlafen. Jean betrachtete ihren Verlobten, seinen leichten Atem, den embryonal gekrümmten Körper. Sie legte das Buch beiseite, das sie eher angeschaut als gelesen hatte, und schob sich aus dem Bett. Sie zog sich ein T-Shirt über, auf dem vorne NO PROBLEM stand – ein Geschenk aus Jamaika –, ging in den Flur und dann die Treppe hinunter. Die Stufen quietschten, aber inzwischen war es ihr egal, ob sie ihn damit aufweckte. Soll er doch wach werden, dachte sie, soll er doch auch leiden.

Es war Spätsommer, die Luft schwer und schwül. Jean ging in die Küche, stellte den Wasserkocher an und öffnete den Kühlschrank. Aus einer Plastikdose nahm sie einen Käse und schnitt quer ein Stück davon ab. Der Kessel kochte, sie machte sich Tee, den sie ins Wohnzimmer mitnahm. In den meisten Nächten landete sie schließlich dort, auf dem Sofa, blau beleuchtet vom Fernsehen. Sie schaute Talkshows, Dokumentarfilme und Sendungen mit Untertiteln für Gehörlose, welch nächtliche Kost auch immer sie finden konnte. Mittlerweile wusste sie unglaublich viel über die trivialsten Themen.

Jean schaltete den Fernseher ein und machte ihn leiser. Es lief ein Dokumentarfilm über wilde Tiere in Sibirien. Sie pustete auf ihren Tee und schaute bis zur Werbepause zu. Den geleerten Becher stellte sie auf den Couchtisch, erhob sich aus dem weichen roten Sofa und begann, im Polster des Sessels zu wühlen. Irgendwo in einem Hohlraum, den sie in die Polsterung gebohrt hatte, befand sich eine Schachtel Zigaretten.

Jean hatte begonnen, ihre Zigaretten an immer ausgeklügelteren und ausgefalleneren Orten zu verstecken; das, obwohl Peter nicht einmal ahnte, dass sie wieder zu rauchen angefangen hatte. »Wir haben keine Geheimnisse«, sagte er gerne, was sie für einen völlig bescheuerten Satz hielt: In Wirklichkeit meinte er, dass das große Geheimnis heraus war und die kleinen nicht zählten. Doch für Jean waren es die kleinen, die es wert waren. Weshalb sie die Zigaretten auch mit solchem Einfallsreichtum versteckte.

Als sie in dem Sessel herumfingerte, beschlich sie die Hoffnung, die Schachtel sei nicht mehr da; Peter hätte sie entdeckt, die Zigaretten zerbrochen und weggeworfen. Als Jean sie doch fand, zählte sie nach, sie wusste genau, wie viele es waren.

Sie ging durchs Wohnzimmer, öffnete die Terrassentür und setzte sich in den Klappstuhl. Sie zündete sich eine Zigarette an und inhalierte den Rauch so tief, wie ihre Lunge es zuließ. Das machte sie jede Nacht und fragte sich oft, ob man auf diese Weise sterben könne: erstickt an einem Übermaß von Rauch, den die Lunge zu schnell aufgenommen hatte.

Die Nacht war still und ruhig. Jean schnippte die Asche der Zigarette in einen kleinen Grill. Peter hatte ihn vor Monaten als Herausforderung für sich selbst gekauft, aber sie hatten ihn nur einmal benutzt. Seitdem war er nicht gesäubert worden, verkohlte Fleischstückchen klebten noch am Rost. Immer, wenn Jean den Grill sah, dachte sie, sie müsste ihn säubern, tat es aber nie. In manchen Nächten war sie sogar versucht, ein paar der Fleischstückchen vom Metall zu zupfen und zu essen. Aber auch das tat sie nie.

Beim Rauchen versuchte sie, nicht an das Feuer und auch nicht an Peter zu denken. In den meisten Nächten, seitdem er es ihr erzählt hatte, dachte sie auf diese oder jene Weise darüber nach. Manchmal rief sie sich nur in Erinnerung, was genau er gesagt hatte. Nicht den Hauptteil, nicht das, was er seiner Meinung nach getan hatte, sondern jenen ersten Satz, der ihr Leben in Stücke gerissen hatte: *Ich glaube, ich habe ein paar Leute umgebracht.*

Sie hörte die Worte klar und deutlich im Kopf widerhallen, erinnerte sich an die Feuchtigkeit in den Zimmern des gemieteten Cottages, sah ihn am Tisch sitzen, das frisierte Haar, den faltenlosen Pullover, dazu der Soßenspritzer am Mundwinkel. Die Weichheit seiner Stimme, der tröstliche Klang, als er etwas so Brutales, so Heftiges sagte. *Ich glaube, ich habe ein paar Leute umgebracht.*

Je mehr Jean darüber nachdachte, desto wütender machten sie diese acht Worte. Die mangelnde Präzision von *Ein paar Leute*, die unaussprechlich grausame Einleitung mit *Ich glaube*. Am liebsten hätte sie geschrien und gekreischt, mit geballten Fäusten auf seine Brust getrommelt. Du glaubst, du hast ein paar Leute umgebracht? Glaubst du?

Es war unvermeidlich, dass sie sich die Leichen vorstellte, die Asche der lebendig Verbrannten, den zischenden Feuerball der Explosion. In den ersten Monaten recherchierte sie viel über den Brand, eine Recherche, die wie das Rauchen ein weiteres wohlgehütetes Geheimnis von ihr war. Jean las die Protokolle der Zeugenaussagen von den Feuerwehrmännern, sie las Zeitungsberichte über die gerichtliche Untersuchung. Nirgends wurde Schuld zugewiesen; an keiner Stelle sagte einer, es gebe einen Schuldigen für den Tod von einunddreißig Personen bei dem Brand in der U-Bahn-Station von King's Cross. Doch von irgendeinem Finger muss das Streichholz gefallen sein, dass das Material unter der Rolltreppe in Brand gesetzt hatte. Irgendjemand musste dafür verantwortlich gewesen sein.

Jean stand auf und schaute über den Zaun in den Nachbargarten. Er war hübsch und ordentlich: kasernierte Blumen in Beeten und ein gepflegter Steingarten. Jean fragte sich, ob die Nachbarn es merken würden, wenn sie sich auf ihren Rasen schlich und auf das üppige Grün legte und dort schlief. Es war eine seltsame Vorstellung, die ihr nicht aus dem Kopf ging. Sie wollte schlafen; sie wollte all den Schlaf, den er ihr verwehrte, doch stattdessen sog sie wieder ihre Lungen voll Rauch.

An dem Abend war Peter mit Simone, seiner damaligen Freundin, in einem Pub in Soho gewesen. Sie waren betrunken und gerieten sich wegen nichts und wieder nichts in die Haare. In der U-Bahn war ihr Streit persönlicher geworden. Vor einem erschrockenen Publikum hatten sie in Französisch, Simones Muttersprache, und später auf Englisch gestritten, und mit seinem Galway-Akzent steigerte sich auch die Lautstärke. In Euston beendete sie die Beziehung, und in King's Cross floh sie an den Menschen vorbei, Peter ihr auf den Fersen. Er verlor Simone irgendwo in den Tunneln der Piccadilly Line. Er nahm die Rolltreppe und entzündete auf dem Weg nach oben zu den Fahrscheinautomaten ein Streichholz, steckte sich eine Embassy an und ließ das Streichholz fallen. *Ich glaube, ich habe ein paar Leute umgebracht.* Einunddreißig, um genau zu sein. Jean kannte sogar einige der Namen.

Als er mit seinem Geständnis zum Ende gekommen war, hatte sie natürlich gesagt, er solle nicht so dumm sein. In jenem gemieteten Cottage hatte sie ihn in die Arme genommen, das Kästchen mit dem Ring immer noch fest in der Hand.

»Psst«, hatte sie gesagt. »Ist doch gut. Ich bin bei dir. Ich bin bei dir, Pete.« Und sie hatte ihm versichert, dass es jedem hätte passieren können, dass es ein Unglück war, das irgendwann geschehen musste, dass es keine Möglichkeit gab zu erfahren, ob er es gewesen war, der diese Katastrophe ausgelöst hatte. Sie fühlte sich stark, wie ein Kindermädchen. Sie strich ihm übers Haar und konnte fast spüren, wie sich Erleichterung in ihm ausbreitete. Lange Zeit verharrten sie so, und Jean sagte ihm, es sei nicht seine Schuld, man könne es ihm nicht anlasten, er sei nicht verantwortlich.

***

Jean beobachtete, wie die Nachbarskatze auf den Zaun sprang. Kurz war sie versucht, die Zigarette dem Tier hinterherzuschnipsen. Sie dachte, wie leicht es doch gewesen wäre, die schwarz-graue Flanke zu treffen. Die Katze sprang herunter, und Jean hielt die Zigarette immer noch wurfbereit, auch wenn es jetzt schon schwerer wäre. Wenn sie die Katze nun verfehlte, wäre die Zigarette im Unkraut und Brennnesselgestrüpp vor dem Zaun verloren. Sie könnte ein Feuer auslösen. Ein richtiges Feuer, nicht so eins wie das, welches lediglich ihre Nächte in Brand setzte. Sie hatte jede Menge Streichhölzer, sie könnte das ganze Grundstück in Flammen aufgehen lassen und zusehen, wie die Glut es verzehrte, könnte oben vom Schlafzimmer aus zusehen, wie der Brand wütete und alle anderen Gärten mitriss.
Sie wünschte sich, dass er nie etwas gesagt hätte. Dass er wieder der Mann wäre, in den sie sich verliebt hatte; jener schüchterne, einsame Mensch mit dem gleichbleibenden Ausdruck überraschter Glückseligkeit im Gesicht. Der Mörder von ein paar Leuten. Von einunddreißig Personen. Freigesprochen von der Schuld, war er von sich selbst geschieden worden, und von ihr. Trotz allem hatte sie die Reue vorgezogen.
Jean drückte ihre Zigarette aus und schaute ins stille, dunkle Haus. Jede Nacht hielt sie Ausschau nach seinen nackten Knöcheln auf der Treppe, dem Schrecken in seinem Gesicht, nach seinem schweißfeuchten Pyjama. »Ich hatte wieder diesen Traum«, würde sie ihn dann sagen hören, und sie

würde ihn halten und ihm versichern, dass sie bei ihm wäre und ihm nichts passieren könne. Sie wollte, dass er wieder diese Träume hatte; sie wollte, dass er sie ihr wieder abnahm. Aber er kam nie die Treppe herunter und sah nie, wie sie draußen im Klappstuhl saß und Zigaretten rauchte.

Die Katze reckte sich, geschmeidig in der Nacht, dann putzte sie sich eine Weile. Anschließend stupste sie mit dem Näschen gegen ein Stück Holz auf dem Boden. Jean schaute wieder auf ihre Streichhölzer und dann zurück zum Haus. Als sie sich umdrehte, sah die Katze sie an, hielt ihrem Blick mit reflektierenden, filmüberzogenen Augen stand. Eine Sekunde lang verharrte sie reglos, dann flitzte sie durch den Garten hinaus in Sicherheit.

LouLou im blauen Flakon

Es war allein O'Neils Schuld, dass ich mit dem Joggen anfing. Seit ich nach New York gezogen war, waren wir eng befreundet und wohnten bald zusammen in einem kleinen Apartment in Brooklyn. Alles lief gut, bis O'Neil beschloss, mit dem Rauchen aufzuhören. Eine spontane Entscheidung, die er traf, nachdem er eine Fernsehsendung über einen alten Mann gesehen hatte, dem wegen des Rauchens ein Bein amputiert werden musste. O'Neil legte mir seine Gründe dar und erzählte mir einige unangenehme Fakten, was Zigaretten mit den Arterien anstellten. Er fragte mich, ob ich als Zeichen der Solidarität mit ihm zusammen aufhören würde. Ich weigerte mich, versprach ihm aber, so viel Rücksicht wie möglich zu nehmen, wenn ich in der Wohnung sei.

Er machte den kalten Entzug: kein Pflaster, kein Kaugummi, pure Willenskraft. Es klappte gut, nur seine Launen waren noch unberechenbarer als sonst. An jenem Morgen war er seit zwei Monaten rauchfrei. Es war ein Sonntag, wir schauten *Detektiv Rockford* und tranken Kaffee. O'Neil war ungewöhnlich still, und als ich ihn fragte, ob etwas nicht stimme, brummte er nur und wies auf den Fernseher. Ich entgegnete nichts. Unsere Freundschaft respektierte die Wichtigkeit des Schweigens.

Es war heiß in der Wohnung; heiß und düster. Vor dem Fenster hatten wir eine Verdunkelung, damit die Sonne nicht direkt ins Zimmer schien. Unsere Wohnung war nicht besonders groß, gerade groß genug für das gebraucht gekaufte braune Cordsofa, einen Fernseher, eine Anlage, einen Couchtisch und zwei Bücherregale. Wir bemühten uns, das Apartment sauber und ordentlich zu halten – O'Neil hatte eine lähmende Angst vor einer Nagetierplage – und beleuchteten es mit Energiesparlampen. Auf den Bodendielen lagen graubraune Teppiche, über dem Fernseher hing ein Poster von Warhols *Gold Marilyn*. Schon damals, als ich es aufgehängt hatte, hatte O'Neil es nicht gemocht und mich gebeten, es wieder abzunehmen. Wir spielten Schere-Stein-Papier. Papier gewann über Stein, und Marilyn blieb, wo sie war.

Detektiv Rockford war zu Ende, und ich zappte durch die Programme, als O'Neil mir auf den Arm tippte.

»Rob«, sagte er. »Kann ich dich mal was fragen?«

Ich nickte, den Blick weiterhin auf den Fernseher geheftet.

»Meinst du, dass ich abnehmen muss?«

Ich hielt inne und legte die Fernbedienung beiseite. Ich betrachtete seine Apfelbäckchen, seine Brust und seinen Bauch, seine fleischigen Schenkel.

»Natürlich nicht«, sagte ich und warf mit einem Kissen nach ihm. Er zog eine Grimasse, so als hätte ich ihn unvorbereitet getroffen. Er wirkte niedergeschlagen. Mein Lächeln, sonst immer schnell im Gesicht, wurde schwächer. Ich spürte, dass sich etwas im Raum änderte, so als wäre die ausgesperrte Sonne hinter einer Wolke verschwunden.

»O Gott, meinst du die Frage wirklich ernst?«, sagte ich. »Ich mein...«

»Klar meine ich das ernst«, unterbrach er mich. »Sonst würde ich ja nicht fragen, oder?«

Ich leerte meinen Kaffee und drückte meine Zigarette aus. Sie gesellte sich zu den anderen: ein orangefarbenes Fragezeichen in einem Aschenbecher mit dem Aufdruck I ♥ NY. Auf O'Neils Stirn bildeten sich Schweißtropfen.

»Na komm, Rob. Ist doch eine einfache Frage. Muss ich ein paar Pfund abnehmen oder was?«

»Nein«, sagte ich. »Natürlich nicht.«

Realistisch betrachtet, hätte er zwanzig Kilo abnehmen können und wäre immer noch übergewichtig gewesen. Doch seit wir befreundet waren, gab es keinerlei Anzeichen dafür, dass O'Neil ein Problem mit seinem Aussehen hatte. Andere Dicke schämten sich wegen ihres Gewichts, wegen der Speckrollen beim Sitzen. Nicht so O'Neil. Ständig spielte er mit seinem Körper, rieb sich den Bauch, als streichle er ein Kätzchen, zupfte an seinen Wangen, massierte sein Doppelkinn. Seine Körpersprache, seine Bewegungen, ja sein ganzes Wesen wurde durch dieses mächtige, wabbelige Äußere bestimmt.

»Im Ernst?«, sagte er. Es war schwer festzustellen, ob er erleichtert war. Ich hörte ihn atmen, lauter als das Fernsehen.

»Im Ernst«, sagte ich und lehnte mich gegen die Couch.

Er schüttelte den Kopf. »Du bist ein verdammter Lügner.«

Unter gewissen Mühen erhob sich O'Neil vom Sofa. Er schälte sein Batman-T-Shirt vom Körper und entblößte zwei schwach behaarte Brüste, zwei aufgedunsene Brustwarzen und einen perfekt gerundeten Hängebauch.

»Meinst du, ich weiß das nicht?«, sagte er. »Meinst du, ich sehe das nicht?« Er hielt das T-Shirt wie eine brennende Flagge in der Hand. Ich wandte mich ab.

»Rob, sieh mich an!«, sagte er und klatschte auf seinen Bauch, das Fett wackelte, die Brüste kicherten hinterher.

Ich schaute hoch zu meinem halbnackten besten Freund. Langsam verzog sich sein Mund zu einem Lächeln. Seine Lippen waren fleischig und zu groß für sein Gesicht; die Grübchen in den Wangen ließen ihn kindlich wirken. Er begann zu lachen, und ich lachte ebenfalls. Seine Augen waren rot unterlaufen; er hatte nicht gut geschlafen.

O'Neil zog sich sein T-Shirt wieder über und ließ sich aufs Sofa fallen. Wir schauten weiter fern. *Mord ist ihr Hobby*. Als es vorbei war, berührte ich ihn leicht am Arm.

»Wenn du wirklich abnehmen willst, hab ich nichts dagegen, dir zu helfen«, sagte ich.

O'Neil schenkte mir ein langes, ansteckendes Grinsen, so warm wie der Raum und ebenso tröstlich.

»Und deshalb wirst du immer mein Kumpel sein, Robert Wilkinson«, sagte er. »Du weißt immer genau das Richtige zu sagen.«

***

Zwei Tage später marschierten wir beide, gekleidet in Jogginghose und Sweatshirt, durch die Straßen von Brooklyn auf dem Weg zur Boxhalle von O'Neils Onkel. Es war eine zwanzig Minuten lange Strecke über kotverschmierte Bürgersteige und Rinnsteine mit gebrauchten Crack-Röhrchen. Die Betonwände und verstärkten Ladengitter waren heftig mit Graffiti bemalt. Abgemagerte Männer und Frauen lungerten in Torwegen und zwischen Müllcontainern herum. Zwei Polizeiwagen fuhren langsam vorbei, beide ohne Sirene. Als sich der dritte näherte, bedauerte ich langsam, meine Hilfe angeboten zu haben. Sportkleidung stand mir noch nie, und ich konnte mir nicht vorstellen, in diesem Aufzug zu sterben: in alle Ewigkeit in Nike, Adidas und Fila gewandet.

»Ich bin seit Jahren nicht mehr hier gewesen«, sagte O'Neil, das Gesicht halb verdeckt von seinem Kapuzenshirt. Ich hielt den Kopf gesenkt, unangenehm geborgen in der weichen Baumwolle. In mittlerer Entfernung schwang das Schild von Charlies Boxhalle hin und her. Begeistert wies O'Neil darauf.

»Das wird super, Rob«, sagte er und hielt inne. Mit aufgesetzter Kapuze beugte er sich zu mir herunter. »Danke«, sagte er. »Ich weiß das zu schätzen, ehrlich.«

***

Charlies Boxhalle befand sich über einem Geschäft mit gebrauchten Elektrogeräten. O'Neil und ich gingen die Hintertreppe hinauf, der Geruch von Pisse und Desinfektionsmitteln war unten heftiger und schlug in einen eher allgemeinen Körpergeruch um, je näher wir der Boxhalle kamen.

O'Neil drückte die Tür zu einem taubengrauen Raum auf, der von grellen Neonleisten beleuchtet wurde. In der Mitte war ein Boxring, wo Charlie mit einem jungen Schwarzen trainierte. Charlie hielt zwei Pratzen links und rechts von seinem Kopf, und der Jugendliche stieß seine Fäuste dagegen. Wir sahen ihm zu, gingen an einem Rudel muskelbepackter tätowierter Typen vorbei, die wie Berufssoldaten Kurzhanteln stemmten. Niemand sprach uns an, doch das leichte Schlagen der Seile, die grunzende Misshandlung der Pratzen und das Scharren der Füße waren genug Ablenkung von der Stille.

Charlie machte Pause, und O'Neil hob den Arm.

»Onkel Charlie!«

»Jackie!«, rief er und stieg aus dem Ring. »Hast du's also endlich hergeschafft? Willst endlich deine Pfunde loswerden, ja?« Er lachte und kniff in O'Neils Fettrollen. O'Neil lachte ebenfalls und sah mich mit erhobener Augenbraue an.

»Du wirst wochenlang in einer Welt der Schmerzen leben, weißt du das? Bist du dazu bereit?« O'Neil tänzelte bereits auf den Fußballen.

»Bin ich, Onkel Charlie«, sagte er und zielte wie im Comic auf dessen Schläfe. »Ich will Vollprofi werden, kein Volltrottel.«

»Guter Junge«, sagte der Onkel, und die beiden hörten auf, zu schlagen, zu tänzeln und zu kämpfen. Charlie war größer, als ich gedacht hatte, sah auch besser aus. Er war Ende fünfzig, drahtig, hatte bemerkenswerte Muskeln und eindringliche schwarze Augen. In dem Moment sah er mich an. Hätte er eine Brille getragen, hätte er über den oberen Rand gespäht.

»Und wer ist das?«, sagte er zu O'Neil.

»Das ist mein guter Freund Robert Wilkinson«, sagte O'Neil. »Er ist Engländer.«

Charlie nickte mir zu und hielt mir die Hand hin. »Freut mich.«

Sein Griff war anfangs schwach und wurde dann kräftiger, als sei meine Hand eine Nuss, die er knacken wollte. Sein Gesicht lief rot an, und ich lachte. Schließlich ließ er mich los.

»Mit deinen Haaren«, sagte er, »siehst du ein bisschen wie ein Mädchen aus, weißt du das?«

**

Charlie meinte es ernst mit O'Neils Training. Offensichtlich hatte er sich einen Plan zurechtgelegt. Ich hätte nicht geglaubt, O'Neil würde durch Gewichtestemmen abnehmen können, aber schließlich war ich auch nicht derjenige, der seit zwanzig Jahren eine Boxhalle führte. Der erste Teil des Trainings bestand aus Seilspringen. Charlie zeigte uns beiden, wie man es richtig machte. Als mein fünfter Versuch damit endete, dass ich fast flach auf dem Rücken landete, nahm mich Charlie beiseite.

»Du bist nicht mit dem Herzen dabei, oder?«, sagte er. Er sprach durchaus freundlich, auch wenn es schwer war, nicht zu spüren, dass ich ihn enttäuscht hatte. O'Neil hüpfte weiter.

»Ich hab einfach Schwierigkeiten, meine Bewegungen zu koordinieren, mehr nicht. Solche Sachen sind für mich wirklich schwierig.«

»Das sehe ich.«

»Eigentlich bin ich nur hier, um O'Neil zu helfen«, sagte ich, zu Charlie gebeugt. »Als Unterstützung, sozusagen. Ich helf ihm, ein bisschen abzunehmen.«

»Es ist gut, dass du dich um meinen Neffen kümmerst. Das ist gut, aber du kannst nicht in meiner Boxhalle rumhängen, ohne zu trainieren. In dieser Halle hier« – er zuckte mit den Schultern – »gibt es Regeln. Boxen geht nur mit Disziplin. Ich lasse nicht zu, dass meine Jungs in dieser Halle fluchen. Mein Wort ist Gesetz. Diese Halle ist ein Tempel, verstehst du? Wenn ich also sage, dass du trainierst, dann tust du das auch, verstanden?«

Ich nickte und sah mich um, suchte etwas, für das ein Minimum an Koordination nötig war. In der Ecke stand eine Maschine, die mit einer Plane abgedeckt war. Ich wies darauf.

»Ist das ein Laufband?«, fragte ich. Charlie kniff die Augen zusammen.

»Ja, mein Sohn, ich schätze schon.«

»Kann ich darauf trainieren?«

Seine Schultern sackten nach unten, er verlagerte das Gewicht auf die Fußballen. Charlie sah erst O'Neil, dann mich an.

»Ich glaube nicht, dass es noch funktioniert«, sagte er schließlich.

»Warum nicht?«

»Keine Ahnung. Wenn du es zum Laufen bekommst, kannst du es benutzen.«

O'Neil kam herüber, schweißglänzend und puterrot. Charlie drückte ihm ein Paar Übungshandschuhe in den Magen.

»Jetzt wirst du gegen diesen Sack schlagen, so wie ich es dir sage«, erklärte er und führte uns hinüber zur nächsten Station. O'Neil wollte um eine Pause bitten, um wieder zu Atem zu kommen, doch Charlie warf ihm einen Blick zu, dem nicht einmal ein Schwergewichtsweltmeister zu widersprechen gewagt hätte.

Von der anderen Seite des Sandsacks aus beobachtete ich O'Neil. Zuerst waren seine Kombinationen träge und mühsam, dann begann er langsam zu begreifen, was von ihm erwartet wurde. Die Kraft in seinen Schultern war unglaublich. Es war, als wollte er die Fäuste durch die Polsterung bohren.

»Rechts, links, rechts. Aufwärtshaken. Kurze Gerade. Gerade. Und entspannen!«, rief Charlie, und O'Neil gehorchte. Schweiß tropfte von seiner Haut, seine angespannten Arme glänzten. Es schien ihm Spaß zu machen. In den Armen, Fäusten und der Körperhaltung des boxenden Mannes konnte ich meinen besten Freund kaum erkennen.

»Links, rechts, Gerade, Gerade, Aufwärtshaken.« Erneut bearbeitete O'Neil den Sandsack. Es war zu viel. Ich schlenderte hinüber zum Laufband, nahm die Abdeckung herunter und drückte auf einige Tasten. Ich suchte das Stromkabel und folgte ihm zur Wand, wo ich den Schalter umlegte. Es piepste und leuchtete auf. Ich wartete, dass es Ruhe gab, dann stellte ich mich auf das Band. Ich spielte an den Tasten herum, als mich plötzlich jemand vorn an meinem Ramones-T-Shirt packte.

»Was soll der Scheiß?«, sagte der Typ. Seine Halsmuskeln traten hervor, stählern wie die Speichen eines Regenschirms. Er war ein Mann um die vierzig mit sehr, sehr dunkler Haut. Er trug ein Trikot der LA Lakers.

Er schnaubte vor Wut, und ich versuchte, mich von ihm zu lösen. Es dauerte nicht lange, da war Charlie bei ihm. Ich verstand nicht, was Charlie sagte, jedenfalls entschuldigte sich der Lakers-Fan sofort und begab sich zu den Medizinbällen.

»Alles in Ordnung?«, fragte Charlie, als ich wieder zum Laufband ging.

»Doch«, sagte ich. »Was war denn los?«

»Das reicht jetzt mit Gehen, mein Freund«, sagte er mit einem Lächeln. »Zeit zum Laufen.« Er drückte mehrmals auf die Geschwindigkeitstaste und brachte mich innerhalb von Sekunden von Bequemlichkeit zu Schmerz. Er lachte, während ich mich anstrengen musste, mit dem Band Schritt zu halten. Schließlich gelang es mir, die Geschwindigkeit wieder auf eine Stufe einzustellen, mit der ich zurechtkam, und fiel in einen leichten Trab zurück, ich musste husten und hoffte, dabei nicht auf Onkel Charlies Boden zu kotzen.

Angesichts jahrelangen Nichtstuns reagierte mein Körper besser, als ich erwartet hatte. Ich lief nicht zu schnell, aber gleichmäßig. Mit konstantem Tempo joggend, sah ich einem Sparringskampf zu, sah, wie ein Typ sich Pulver in ein Getränk schüttete und ein anderer auf eine Drückbank zusteuerte, deren Gewichte unmöglich zu stemmen schienen (er schaffte es beim dritten Versuch). Als ich auf meine Schuhe hinabsah, spürte ich plötzlich etwas in mir anschwellen, so als würde etwas in mir aufreißen und alle Moleküle meines Körpers würden auseinandergetrieben. Ich fühlte mich plötzlich leicht, unbelastet, so als hätte sich alles, was unwesentlich für das Laufen selbst war, in Luft aufgelöst. Ich steigerte die Geschwindigkeit des Laufbandes ein wenig. Und blieb im Takt. Ich hatte das Gefühl, ich könnte – nein: sollte – für immer weiterlaufen. Und dann sah ich ihr Gesicht wie lebendig vor mir.

Sie lächelte und machte mir Zeichen, ihr zu folgen. Sie sah genauso aus wie an dem Tag, als sie gestorben war, das Haar zu einem Knoten hochgesteckt, ungeschminkt, einfach gekleidet in Jeans und T-Shirt. Einen Augenblick lang wirkte sie so nah, dass ich ihr Parfüm riechen konnte – *LouLou* im blauen Flakon –, dann kam Charlie herüber und drückte auf die Stopptaste. Ich wusste nicht, wohin ich schauen sollte.

»Das reicht schon mal für die erste Stunde, Jungs. Gut gemacht!«, sagte Charlie. »Wenn ihr beide oben bei mir duschen wollt« – er warf O'Neil einen Schlüsselbund mit einem goldenen Boxhandschuh als Anhänger zu –, »ich komme auch gleich hoch. Macht es euch bequem. Im Kühlschrank ist Bier.«

Er hob seine Pratzen auf und stieg wieder in den Ring, wo ein weiterer schwer tätowierter Typ auf ihn wartete. Noch im Treppenhaus konnte ich die dumpfen Schläge hören.

***

Ich hatte erwartet, dass Charlies Wohnung ein Schrein des Boxsports wäre, ein Museum voll signierter Fotos und Poster von Kämpfern, mit alten Boxhandschuhen und nachgemachten Gürteln mit aufgeklebten Schmucksteinen. Stattdessen öffnete sich vor uns ein seltsam femininer, dem Verfall überlassener Ort. Auf dem gemütlich wirkenden Diwan lagen mehrere Kissen. Den Esstisch zierte eine karierte Decke, und ein Perlenvorhang trennte die Küche vom Wohnzimmer. Auf dem Couchtisch stand eine Vase mit verwelkten Blumen.

Der Boden hätte gefegt werden müssen, auf dem Fernseher lag Staub. An der Wand hingen drei Aquarelle mit Ansichten der Stadt Paris. Sie waren laienhaft gemalt; und ich fragte mich, ob sie von Onkel Charlie selbst stammten. Harte Jungs geben immer üble Maler ab.

Das Einzige, was hier an Boxen erinnerte, hing im Badezimmer an der Wand; ein gerahmtes Titelbild des *Esquire* von 1968: Muhammad Ali übersät mit zahllosen blutenden Pfeilwunden. Weil O'Neil schon geduscht hatte, war das Glas beschlagen. Ich wischte es sauber, duschte selbst und trocknete mich ab. Ich zog Sweatshirt und Trainingshose an und ging zurück ins Wohnzimmer. O'Neil war bereits bei seiner zweiten Flasche Bier.

»Vom Boxen krieg ich Durst.«

»Du kriegst schon vom Atmen Durst«, sagte ich und bediente mich ebenfalls.

»Du sprichst die Wahrheit«, sagte O'Neil.

***

Nach einem Abendessen, das aus einem Steak, grünen Bohnen, Brokkoli und Spinat bestand, schlief O'Neil auf dem Diwan ein. Charlie und ich saßen am Tisch: Wir waren zu Bourbon übergegangen, und er gab Anekdoten aus dem Kampfsport zum Besten, die mir nichts sagten. So fragte er mich beispielsweise, ob ich schon mal von jenem Boxer gehört hätte, was ich verneinte, und er erzählte mir trotzdem alles über ihn. Er war ein guter Geschichtenerzähler – die Sorte Mensch, die in jeder Bar in jedem Land der Erde Freunde finden würde. Als er mir Eiswürfel ins Glas schüttete, fiel mir wieder der Mann ein, der mich auf dem Laufband angegangen war.

»Was hatte der Typ für ein Problem? Der im Lakers-Trikot?«

Charlie hielt inne, dann schenkte er den Bourbon ein. Er stellte das Glas vor mich, und ich trank einen langen Schluck Whiskey.

»Das ist kompliziert«, sagte er. »Tut mir leid. War mein Fehler.«

»Der Typ hat mich fast umgehauen.«

Er nickte. »Weißt du was, Robert? Manchmal kommt es mir vor, als wären wir die Familie mit dem größten Pech auf der ganzen verdammten Welt«, sagte er. »Es ist so, als wären wir ständig von Tod und Pech umgeben. O'Neil hat dir doch von seiner Schwester Gloria erzählt, oder?«

Ich nickte.

»Tja, seitdem ging alles den Bach runter, und es ist nicht mehr besser geworden. Selbst Dinge, die zuerst gut aussahen, gingen bald darauf schief. Es ist, als wären wir verflucht oder so, seit sie von diesem Vergewaltiger erschossen wurde.«

»Und weshalb wollte mir der Typ nun den Kopf abreißen?«, fragte ich. »Was hat das mit Gloria zu tun?«

Charlie schüttelte den Kopf.

»Warst du schon mal verliebt?«, fragte er.

Ich antwortete nicht. Ich dachte an Helens Körper in dem zerquetschten Auto, an das Blut.

»Ich verliebte mich in eine Frau, die fünfzehn Jahre jünger war als ich«, sagte er, ohne meine Antwort abzuwarten. »Und sie verliebte sich in mich. Für andere Leute wäre das der große Startschuss gewesen, oder? Ein Hitzerausch im Herbst des Lebens« – er lächelte und schüttelte den Kopf, der Qualm sammelte sich um ihn –, »aber das war bei mir nie im Programm vorgesehen. Der Typ im Lakers-Hemd ist ihr Bruder. Die ganze Sache hat ihn aus den Schuhen gehauen.«

Ich schaute auf den Tisch und befühlte ein Tischset aus Kork.

»Du musst mir das jetzt nicht erzählen«, sagte ich.

»Ich will aber.«

»Erzähl es nicht. Es lohnt sich nicht.«

Er griff zu der Flasche Jim Beam und schenkte uns noch zwei großzügige Portionen ein. Brummend wälzte O'Neil seine massige Gestalt auf dem Sofa. Charlie legte die Hände zu einem Dreieck zusammen und sagte: »Sie war die schönste Frau auf der ganzen Welt.« Es war der perfekte Auftakt zu einem spätabendlichen Geständnis.

***

»Das war sie wirklich, echt. Ich weiß, das wird über alle möglichen Leute behauptet, aber hier stimmt es. Ich bin viel im Land herumgekommen, bin in den meisten Bundesstaaten gewesen, aber ich habe noch nie eine Frau gesehen, die so schön war wie Leona. Sie war so schön, dass es mir vorkam, als hätten alle Frauen in den letzten zweitausend Jahren nur darauf hingearbeitet, so auszusehen wie sie.«
Er holte ein Foto aus seiner Geldbörse und ließ es über den Tisch rutschen. Ein Polaroid, verknickt und verschmiert: Leona draußen vor Charlies Boxhalle, lächelnd, inmitten der spätnachmittäglichen Sonne. Selbst in Laufhose und UCLA-Sweatshirt wirkte sie elegant. Hohe Wangenknochen, darunter ein Mund mit auffällig weißen Zähnen; goldene Kreolen-Ohrringe bildeten einen Gegensatz zu ihrer dunklen Haut. Sie sah ein wenig aus wie Lisa Bonet, nur älter. Ich reichte das Bild zurück, und er verstaute es wieder sorgfältig in seiner Brieftasche.
»Wir lernten uns beim Einkaufen kennen, ausgerechnet. Direkt hier die Straße runter. Sie kaufte Tomatensoße, und ich passte nicht auf, wo ich hinlief. Unsere Einkaufswagen stießen zusammen. Sie fragte mich, ob sie mich vielleicht kennen würde, ich käme ihr irgendwie bekannt vor. Mir fiel ein, dass ich sie schon mal gesehen hatte, als sie ihren Bruder vom Training abholte. Sie lachte und sagte: ›Na, klar! Sie sind Mr O'Neil. Mein Bruder erzählt ständig von Ihnen. Sie hätten für alles eine gute Geschichte.‹
Ich war wohl rot geworden, denn sie lachte wieder. Ich versuchte zu lächeln, aber wahrscheinlich sah es so aus, als würde ich eine Grimasse ziehen oder hätte Sodbrennen.

›Ich find das super‹, meinte sie dann. ›Ich mag Leute, die
Geschichten erzählen können.‹«
Charlie stieß einen tiefen Seufzer aus.
»Weißt du, mein Junge, ich hab mein Leben lang immer nur
mit Männern zu tun gehabt. Mein gesamtes Leben. Im
Ring, beim Training, auf dem Weg zum nächsten Kampf.
Damit will ich sagen, ich habe nicht viel Zeit in der Gesellschaft von Frauen verbracht. Und schwul bin ich nicht. Ich
hatte es halt nie wirklich mit Frauen. Hab mich nie drum
bemüht. Im Ring sieht man den Schlag kommen, man fängt
ihn ab, weicht ihm aus oder man wird getroffen. Ganz einfach. Schwarz oder weiß. Bei Frauen ist das anders. Ich hatte
welche gehabt, aber nie sehr lange. Schick mir einen durch-
gedrehten Jungen aus der Bronx, aufgepumpt mit Wut und
Steroiden, und ich zeig ihm, wo es langgeht. Kommt eine
attraktive Frau auf mich zu, dann suche ich den nächsten
Ausgang.«
Charlie nahm einen langen Schluck Whiskey und ballte die
rechte Hand zu einer Faust.
»Aber an jenem Tag, in dem Supermarkt, als ich neben dieser schönen Frau mit zwei Dosen Tomatensoße in den Händen stand, da hatte ich auf einmal richtige *cojones*, verstehst
du? Richtige Eier. Also sag ich zu ihr: ›Wenn du gerne Geschichten hörst, kann ich dir ja mal bei einer Tasse Kaffee
ein paar erzählen.‹
Sie guckt mich von oben bis unten an und meint: ›Wenn ich
dazu auch einen Donut bekomme.‹
Ich konnte es nicht glauben. Wir trafen uns eine Stunde
später, tranken Kaffee und aßen Donuts. Am Ende erzählte
Leona mir ihr ganzes Leben, und ich hörte einfach zu,
lauschte ihrer Stimme, als wäre sie purer Honig. Mit sechzehn war sie von LA nach New York gekommen. Sie hatte
oft zurückkehren wollen, aber New York fand immer neue
Möglichkeiten, sie davon abzuhalten. Sie arbeitete als Angestellte einer Bank in Manhattan und liebte das U-Bahn-
Fahren. Mir gefiel, wie sie beim Reden ihr Haar betastete.

Ich erzählte ihr ein paar meiner besseren Kampfstorys, und ihre Augen leuchteten beim Zuhören. Sie sagte, sie liebe Geschichten über die Boxer von damals.

›Diese Typen von heute‹, meinte sie zu mir, nachdem ich was über Sugar Ray Robinson erzählt hatte, ›das sind doch keine richtigen Fighter mehr. Die sind wie Maschinen mit Muskeln oder so. Als würden sie Kampfanzüge tragen. Würde ich jederzeit gegen einen der Jungs von früher eintauschen.‹

Ich bekam ungefähr eine Minute keinen Ton mehr heraus. Jeden Moment rechnete ich damit, dass einer von der Versteckten Kamera hereinkommt. Sie war perfekt. Perfekt in jeder Hinsicht.

Ich traf sie in der Woche darauf. Wir gingen wieder Kaffee trinken. Sie fragte mich, ob ich Lust hätte, zu ihr zum Essen zu kommen. Ich wusste nicht, was ich sagen sollte. Ich konnte nicht begreifen, was eine fünfunddreißigjährige Schwarze mit einem alten Knacker wie mir wollte. Sie entschuldigte sich, und wir saßen da und schauten zu, wie unser Kaffee kalt wurde.

›Stimmt irgendwas nicht?‹, fragt sie. ›Ich dachte, wir kämen gut klar miteinander.‹

Ich meinte, sicher, und machte ihr ein Kompliment.

›Was dann? Hast du Angst vor meinen Kochkünsten? Meinst du, ich setze dir Kermesbeeren, Gekröse und Melasse vor?‹, sagte sie einfach so. Ich murmelte vor mich hin, dass es das überhaupt nicht wäre.

Sie legte ihre Hand auf meine und fing an, dass ihr das Alter und alles andere vollkommen egal wären. Sie würde mich mögen, mehr nicht. Würde meine zarten Hände und meine Muskeln mögen und wie ich beim Reden immer mit dem Kopf wackele. Dann küsste sie mich. Am nächsten Tag ging ich zum Essen zu ihr. Sechs Wochen später hatte sie ihre Sachen hergeholt und sprach von Renovierung.«

Charlie unterbrach sich und schenkte die Gläser nach.

»Ich muss nicht alles bis ins kleinste Detail erzählen. Ist nicht alles wichtig. Du musst nur wissen, dass ich noch nie so glücklich gewesen war. Es war wie im Traum oder im Kino oder so. Wir waren wie zusammengeschweißt. Wir verstanden uns so gut, dass wir gar nicht zu reden brauchten. Wir waren einfach so glücklich, wir konnten uns nicht vorstellen, dass einem von uns etwas zustoßen könnte.«

Er lachte und schaute kurz sehnsüchtig auf meine Zigaretten.

»Der einzige Schlag, den du nicht siehst, ist immer der, der dich umhaut. Den kann man einfach nicht kommen sehen, sagt man. Vor ungefähr drei Jahren lief es auf einmal nicht mehr ganz so toll, war es irgendwie nicht mehr ganz so außergewöhnlich. Das machte Leona schwer zu schaffen. Sie konnte es einfach nicht begreifen, konnte sich einfach über nichts mehr freuen. Sie sah nicht mehr bei Kämpfen zu, kochte nichts mehr. Guckte nur noch fern und weinte nachts manchmal. Es war sonderbar. Es war, als hätte jemand Wasser aufs Feuer geschüttet. Sie schien einfach keine Glut mehr zu haben.

Sonst war sie immer so unternehmungslustig, auf einmal wollte sie nur noch zu Hause sitzen. Wenn ich heimkam, sah sie mich mit ihren wunderschönen Augen an und sagte: ›Ich verliere dich. Ich will es nicht, aber ich verliere dich.‹ Und ich wusste nicht, was ich anderes dazu sagen sollte als: ›Nein, nein, du verlierst mich nicht.‹

So ging das einige Monate lang. Sie las Bücher wie *Du kannst dein Leben ändern*, *Die sieben Stufen zu Erfolg und Glück*. Kennst du diesen Talkshow-Kram? Sie halfen nichts, Leona warf sie nach den ersten Seiten durchs Zimmer. ›Diese Leute haben keine Ahnung, Charlie‹, sagte sie dann, ›die haben keinen blassen Schimmer, wie schlimm es wirklich ist.‹ Als ich eines Tages nach Hause kam, hatte sie was getrunken. Zwei Tage lang übergab sie sich. Einen Monat später sagte ich, sie solle zu einem Arzt gehen.

Ich merkte, dass sie nicht gerade überzeugt davon war, aber sie fügte sich. Der Arzt meinte, sie müsse sich an einen anderen Typen wenden, an einen Analytiker. Also brachte ich sie zu diesem Analytiker in der Hoffnung, dass er sie irgendwie wieder einrenken würde. Sie blieb ungefähr eine Stunde lang drin, und als sie rauskam, sah sie aus, als hätte sie mit Max Schmeling trainiert. Auf dem Heimweg erzählte sie mir, sie hätte die ganze Zeit geredet, aber es hätte keinen Sinn ergeben. Dann fing sie an zu lachen. Sie lachte und meinte: ›Weißt du, was dieser Verrückte will? Was meinen kaputten Kopf angeblich wieder gesund macht? Hör zu, Charlie, jetzt kommt's: Joggen!‹ Sie musste noch mehr lachen. ›Die ganze Zeit das, und ich muss angeblich nichts anderes tun als ein bisschen laufen!‹

Ich ging zu diesem Psychologen. War ein großer Typ mit Haaren wie Wolle. Sah trotzdem ganz nett aus. Überhaupt nicht wie 'n Spinner. Ich wartete, bis er mit seinen Terminen fertig war, dann folgte ich ihm nach draußen auf den Parkplatz. Ich erzählte ihm, was los war, und ob ich irgendwas tun könnte. Er guckte mich eine Zeitlang an und sagte dann das Übliche von wegen vertraulicher Informationen. Dann packte er mich an den Schultern und meinte: ›Bring sie zum Joggen.‹ Ich überlegte, ob ich nicht besser zu einem anderen Analytiker gehen sollte.

Aber als ich nach Hause fuhr, dachte ich, einen Versuch ist es wert. Also kaufte ich ein Laufband für sie und stellte es in der Boxhalle auf. Sie sah mich an, als wäre ich verrückt. ›Charlie‹, sagte sie zu mir, ›der Typ ist irre. Ich werd doch vom Joggen nicht gesund.‹ Ich sagte, sie solle es einfach für mich tun. Ich stellte das Gerät in einer Ecke der Halle auf, damit sie mich beim Laufen sehen konnte, und ging mit ihr in ein Fachgeschäft, kaufte ihr Trainingshose und Laufschuhe. Ich glaube, sie wusste, wie schwer es auch für mich war.

In den ersten beiden Tagen bewegte ich mich in ihrer Nähe wie auf rohen Eiern. Ihre Traurigkeit beherrschte die Wohnung. Es war, als würden wir beide darin ertrinken. Aber sie zog die Joggingsachen und die Schuhe an und lief am ersten Tag zwei Meilen, am zweiten ebenfalls, am dritten drei Meilen. Am vierten Tag merkten wir, dass sie zurückkam. Es war wie eine Heimkehr.

›So verrückt ist der Doc scheinbar doch nicht‹, sagte ich. Und sie küsste mich wie damals beim ersten Mal.

Jeden Tag kam sie von der Arbeit nach Hause, zog sich um und kam zu mir in die Halle. Sie lief schließlich so lange auf dem Band, wie ich trainierte, dann aßen wir zu Abend. Es war wie in alten Zeiten. Einfach perfekt.«

Charlie zitterte leicht.

»Kommt mir vor, als würde ich schon seit Ewigkeiten reden.« Er leerte sein Glas, ging in die Küche und setzte Wasser für Kaffee auf.

»So ging es ein paar Monate«, fuhr er fort. »Besser als je zuvor. Dann begann Leona abzunehmen. Zuerst nur langsam, aber dann war es nicht mehr zu übersehen. Ich schätze, sie verlor um die zehn Kilo in gut einem Monat. Ich konnte es nicht verstehen; aber sie war so happy, dass es sinnlos war, etwas zu sagen. Sie aß ja, das wusste ich, weil ich ihr dabei zusah. Genau genommen, aß sie rund um die Uhr. Ich tat ihr Proteine ins Essen, aber es nützte nichts. Sie wurde einfach immer dünner. Löste sich vor meinen Augen auf, aber wollte auf keinen Fall, dass ich einen Arzt rief. ›Charlie‹, sagte sie manchmal, ›mir geht's gut, mein Schatz. Dir waren doch schlanke Boxer immer lieber, oder?‹

Das Glück jener Monate verschwand so schnell wie ihre Brust und ihr Hintern. Wenn Leona nicht joggte, dachte sie daran. Das konnte ich sehen. Das ist so, wie wenn Boxer einen so harten Treffer kassieren, dass sie nichts mehr hören, aber sie nicken trotzdem und tun so, als würden sie die Anweisungen verstehen.

Eines Nachts wachte ich auf. Es war halb vier in der Früh, und Leona lag nicht im Bett. Sie war auch nicht in der Wohnung, deshalb schloss ich die Tür auf und ging nach unten in die Boxhalle. Das Licht war aus, aber von innen kam so ein Geräusch. Ich rief ihren Namen und hörte etwas fallen und schleifen. Ich machte das Licht an, und Leona lag neben dem Laufband. Ich lief zu ihr und hob sie auf, dann rief ich einen Krankenwagen. Sie war kaum noch ansprechbar, als sie sie mitnahmen.

Am nächsten Tag war sie wach und klar. Ich hielt ihre Hand.

›Es tut mir leid, Charlie. Es tut mir leid‹, sagte sie immer wieder. Anscheinend ging es schon seit Monaten so. ›Da war irgendwas‹, sagte sie eines Nachts zu mir. ›Ich sah uns an einem Ort, wo uns niemand etwas anhaben konnte, wo wir in alle Ewigkeit so waren wie früher. Ich musste nichts weiter tun als laufen. Solange ich laufe, sind wir beide in Sicherheit.‹

Die Ärzte nahmen an, sie wäre an die zweihundertfünfzig Kilometer pro Woche gelaufen, meistens spätnachts, wenn ich schlief. Ihr Körper versagte einfach irgendwann. Einfach so.«

Er schnippte mit dem Finger und nahm den pfeifenden Wasserkessel vom Herd.

»Tut mir echt leid«, sagte ich. Charlie bereitete den Kaffee zu und reichte mir einen Becher.

»Ich besuche sie jeden Tag im Krankenhaus, aber sie guckt durch mich hindurch. ›Früher hab ich dich doch geliebt, oder?‹ sagt sie manchmal. ›Aber ich bin einfach nicht weit genug gelaufen, nicht? Wenn ich ewig weiterlaufen könnte, würde ich dich wieder finden.‹

Die Ärzte meinen, es wird nicht mehr besser. Es liegt scheinbar im Blut. Ihre Tante sitzt in San Diego in einer Anstalt; sie glaubt, Nixon hätte einen Auftragskiller auf sie angesetzt. Ihr Großvater wurde auch verrückt, im Krieg, das arme Schwein.«

Charlie blies auf seinen Kaffee. »Ist das nicht die traurigste Geschichte, die du je gehört hast?«, sagte er und lachte dann leise. Ich dachte an Helens Leiche im Unfallwagen, an das Blut, an *LouLou* im blauen Flakon. Schweigend tranken wir unseren Kaffee, dann wachte O'Neil mit verwirrtem Gesichtsausdruck auf, als hätte er einen anderen Raum erwartet. Er sah auf die Uhr an der Wand und dann auf seine Armbanduhr. Es war spät.

»Ich glaube, wir müssen los, Rob«, sagte er. »Wir haben morgen früh Meetings.«

»Danke, Charlie«, sagte ich.

»Ja, danke, Onkel Charlie.«

»War mir ein Vergnügen. Hoffentlich bis bald, Jungs«, sagte Charlie.

»Morgen«, sagte ich. »Wir sehen uns morgen.«

Sonnenfinsternis

Unser Baby schreit, ich lege den Kleinen an; sein Mündchen so gierig wie das seines Vaters. Er ist sieben Monate alt, aber will nicht die Flasche nehmen: Stattdessen klammert er sich an mich. Manchmal frage ich mich, ob es jemals vorbei sein wird, und stelle mir ihn als erwachsenen Mann mit scharfen Zähnen vor, der in meine geschwollenen, wunden Brustwarzen beißt; bei der Vorstellung muss ich gleichzeitig lachen und mich schütteln. Er hat dann das Gesicht seines Vaters, die gleichen Augen, die mich beim ersten Mal fesselten.

Jetzt riecht alles nach saurer Milch, Puder und Windeln. Das sagt er mir, und ich glaube ihm, obwohl ich seit der Geburt nichts mehr riechen kann. Er könnte ohne weiteres wieder angefangen haben zu rauchen – die Entscheidung aufzuhören hat er ganz allein getroffen – oder sich nicht mehr waschen. Er könnte auch jeden Abend nach Hause kommen und deutlich nach seiner Geliebten riechen. Er könnte nach ihrem Schweiß und ihrem Parfüm stinken. Sein Atem könnte summen von ihrem Geschmack, ich würde es nicht merken. Vielleicht ist das eine Art Tausch: meinen Sohn für einen meiner Sinne.

***

Er verliebte sich am fünfzehnten September in sie. Fast genau zwei Monate, bevor ich schwanger wurde. Woher ich das weiß, kann ich nicht sagen. Das tauchte einfach so vor mir auf, wie ein Telexstreifen, als er eine Flasche Wein aus dem Kühlschrank holte: Er ist heftig verliebt, wie von Sinnen. Das Strahlen, das man als Schwangere hat, ist nichts im Vergleich zu dem inneren Leuchten, das von solcher Leidenschaft und Zuneigung ausgelöst wird. Es brannte in ihm wie eine Sonnenfinsternis; wunderschön, aber gefährlich anzusehen.

***

Der Wunsch, Mutter zu werden, schlich sich bei mir ein; jahrelang hatte ich überhaupt keine mütterlichen Gefühle gehegt, waren mir Katzen lieber gewesen als Kinder. Mal schien damit zufrieden zu sein. Doch als um uns herum immer mehr Paare Babys bekamen, unsere Freunde nacheinander schwach wurden, kam ich nicht mehr richtig gegen das Zerren in mir an, gegen das leichte Zögern, wenn ich kleine Kinder ihren strahlenden Eltern zurückreichte. Als ich mich letztlich entschloss, war ich neununddreißig, Mal fünfunddreißig. Wir sprachen nicht darüber. Ich setzte einfach meine Pille ab und fing noch am selben Nachmittag an.

Sechs Monate versuchten wir es; ein halbes Jahr Thermometer, Zyklen und langweiliger Routinesex. Doch nachdem er sie kennengelernt hatte, änderte sich etwas. Der Sex wurde schneller und dringlicher, fast brutal. Ich machte mir nichts vor: Ich wusste, dass er bei jedem Vögeln an sie dachte. Einmal schob er mir den Finger in den Po und bewegte ihn auf und ab, was er noch nie zuvor getan hatte. Das war etwas, was ihr gefiel, und jede möglicherweise in mir hervorgerufene Lust zerstob bei der Vorstellung, wie sie unter ihm lag, seine Finger in ihr.

Er konnte mich nur schwängern, weil er in diese Frau verliebt war. Davon bin ich überzeugt.

***

Ich machte ihre Bekanntschaft auf einer Abschiedsfeier. Mals Chef wurde pensioniert und die gesamte Belegschaft ins *Vodka Revolution* eingeladen. Als ich dazukam, unterhielt er sich gerade mit ihr und einer anderen Frau. Ich wusste

sofort, welche der beiden sie war: langes dunkles Haar, eine
große Nase, die Brüste im T-Shirt nach oben gedrückt. Sie
machte einen intelligenten Eindruck; ihre blasse Haut war
makellos, die Augenbrauen hätten dringend gezupft werden
müssen. Mal sah mich und stellte mir, ohne mit der Wimper zu zucken, die beiden Frauen, Libby und Teri, vor. Sie
hatten mit Mal und ein paar Kollegen an einem Projekt ge-
arbeitet. Ich gab beiden die Hand; ihre fühlte sich kühl an.
»Mal hat den chaotischsten Schreibtisch der ganzen Firma«,
sagte Teri. »Zu Hause muss er ein Alptraum sein.« Libby sah
zu Boden und wühlte dann in ihrer großen grünen Hand-
tasche herum.
»Seine Mutter nennt ihn immer noch den Chaoten«, sagte
ich. »Sie meint, sie würde keinen kennen, der so chaotisch
ist wie er, und sie hat sechs Kinder, sie muss es also wissen.«
Mal schüttelte lachend den Kopf.
»Glaubt ihr kein Wort! Inzwischen bin ich stubenrein«, sagte
er. »Ich ziehe sogar die Schuhe aus, wenn ich nach Hause
komme.«
Libby stand auf. »Ich gehe raus, eine rauchen. Will jemand
mitkommen?«, fragte sie.
Wir schüttelten den Kopf, sie seufzte.
»Heutzutage raucht keiner mehr, was?«, sagte sie. »Hat
mich gefreut, Elaine, wir sehen uns später.« Sie schob sich
an mir vorbei. Ich erhaschte einen Hauch ihres Parfüms,
etwas Pflaumiges, Zimtiges, bestimmt teuer. Wenn ich
mir jetzt vorstelle, wie Mal riecht, habe ich diesen Duft im
Kopf.

***

Einen Beweis für die Affäre gibt es nicht. Ich müsste Lippen-
stiftspuren, Briefe, E-Mails oder SMS finden. Das Telefon
klingelt nicht zu sonderbaren nachtschlafenen Zeiten. Es
hat sich noch nie jemand verdächtig verwählt. Er benimmt
sich im Großen und Ganzen so wie immer; der stille Chaot

Mal, der seine Bücher auf dem Küchentisch ausgebreitet hat, seinen Papierkram erledigt, den Wein entkorkt. Aber ich kann es sehen. Ich weiß, dass es da ist.

Als mein Bauch damals zu wachsen begann, mein Sohn in mir größer wurde, fragte ich mich, wie Mal damit zurechtkäme. Er hatte sich nicht richtig damit auseinandergesetzt, dass wir wirklich ein Kind bekommen, da bin ich mir sicher. Die monatelangen Versuche hatten ihn zu der Überzeugung gebracht, dass mit einem von uns oder uns beiden etwas nicht stimmte. Nachts sah ich ihm beim Schlafen zu und hasste ihn, weil es ihn nicht zu kümmern schien. Ich hörte ihn schnarchen und schnaufen und spürte einen spitzen, reißenden Schmerz in den Schultern und in der Brust. Dann stand ich auf und ging hinunter in die Küche. Wenn die Sonne aufstieg, machte ich Tee und trank ihn am Küchentisch, der noch immer mit seinen Büchern und Unterlagen bedeckt war.

Ich wusste nicht, wie er es ertrug, die Nächte und Tage fern von ihr zu verbringen. Als ich Mal kennenlernte, wollte ich keinen Augenblick von ihm getrennt sein. Ich ging mit ihm zu Fußballspielen, sah mir Horrorfilme an, fuhr ihn an Orte, wo er noch nie gewesen war, Orte, die er immer schon hatte besuchen wollen. Ich tat alles, was ich konnte, nur um bei ihm zu sein.

An einem sonnigen Novembertag liefen wir durch Chartwell House, Mal erzählte von Churchills Depressionen, und ich nickte und sagte, doch, sicher fände ich das interessant, ehrlich. Als wir am Teich saßen, hielt er meine Hand, und wir küssten uns so innig, dass es mir wie eine Neuerfindung vorkam. Selbst heute erinnere ich mich noch deutlich an jene Küsse und frage mich, ob sie sich in seinem Mund genauso anfühlten wie in meinem. Verliebtsein kann eine einsame Angelegenheit sein, fand ich schon immer: Man erreicht nur eine bestimmte Nähe, mehr geht nicht. Die Mauern können nicht eingerissen werden, egal wie sehr man jemanden liebt.

Als ich hochschwanger war, sprach ich Mal auf jenen Tag in Chartwell an, und er sagte, wie gerne er noch mal hinfahren würde, dort gebe es eine neue Ausstellung, die ihn sehr interessiere. Er sprach nicht vom Teich und von den Küssen oder dass wir auf dem Heimweg angehalten hatten, um uns auf einem abgeschiedenen Feld zu lieben. Existieren diese Küsse nur noch für mich? Klingen ihre Küsse länger nach? Sind es ihre Küsse, an die er sich immer wieder voller Überraschung erinnert?

***

Zachary schaut auf, Milch rinnt aus seinem Mund. Wahrscheinlich sind sie gerade zusammen. Offiziell guckt er Fußball im Pub, aber er könnte auch bei ihr sein. Er könnte bei ihr sein, ihr weinend gestehen, dass er immer bei ihr sein möchte, dass es ihm das Herz zerreißt und die Hände zittern lässt, aber dass er nicht einfach so gehen kann: nicht jetzt. Ich sehe ihre große Nase vor mir, ihr tränenüberströmtes Gesicht. »Ich liebe dich«, sagt sie. »Warum ist das alles so schwer? Warum kann das Leben nicht einfach sein?« Dann sacken die beiden aufs Bett und lieben sich eilig, zornig. Er schiebt ihr den Finger in den Po und bewegt ihn auf und ab. Wenn er kommt, sagt sie ihm, dass sie ihn liebt.

***

Ich lasse Zach ein Bäuerchen machen und gehe durchs Wohnzimmer, im Hintergrund läuft das Radio. Bevor ich mir als Jugendliche die Haare abschnitt, anfing, zu rauchen und mich mit Jungen abzugeben, hörte ich immer eine Radiosendung, in der ein DJ die wahren Liebesgeschichten von Hörern vorlas. Seine Stimme war gleichbleibend trübsinnig, und man konnte nie sagen, ob die Geschichte des Tages glücklich ausgehen oder eine Träne hervorlocken würde. Ich hatte mir immer gewünscht, dass meine Liebesgeschichte der ganzen Nation vorgelesen würde, die Begleitmelodie für eine Million Kaffeepausen; aber das ist lange her. Jetzt war es eine andere Geschichte geworden, anders als die, von der ich geträumt hatte.

Ich komme immer noch darin vor, aber ich bin nicht mehr die Hauptfigur. Ich bin die namenlose Frau; diejenige, die den anderen egal ist. Im Scheinwerferlicht stehen jetzt mein Mann und seine Geliebte. Die beiden sind seelenverwandt, und sie wären zusammen, wenn es das Kind nicht gäbe – ein Kind, das er liebt und das seinem Verständnis nach weitaus wichtiger ist als seine eigenen Bedürfnisse. Jahrelang geht die Geschichte so weiter, die beiden machen Schluss miteinander, finden wieder zusammen, sehnen sich nach der Umarmung des anderen. In dieser Version bleibt er zu Hause und kümmert sich ums Baby, während ich arbeiten gehe. Er ist ein guter Vater, aber er kann nicht anders, als sich nach seiner Seelenverwandten zu sehnen.

In dieser Liebesgeschichte bin ich nur ein Schatten, ein kurz aufleuchtender Punkt in ihrer perfekten Romanze. Nach fünf Jahren oder sechs, egal, beichtet Mal mir schließlich alles. Er erzählt die Geschichte der perfekten Liebe, und ich, der Punkt oder der Schatten, schweige dankbar, dass er ehrlich zu mir gewesen und ein guter Vater für Zachary ist. Er verlässt uns noch am selben Tag und zieht bei der Frau ein, in die er sich am fünfzehnten September verliebte. Am Ende der Geschichte hält der DJ eine Moralpredigt, fügt einen Schluss hinzu, in dem er die Hörer ermahnt, dass es manchmal besser ist, etwas offen auszusprechen, als mit einer Lüge zu leben. Abgeschmackte Weisheiten, verpackt als spontane Ratschläge, gefolgt von den ersten trauervollen Takten ihres gemeinsamen Liedes: ›Dark End of the Street‹.

***

Die Geschichte, die der DJ nicht erzählt, ist die einer Frau, die ihren Mann mit derselben Leidenschaft liebt wie er seine

Freundin. Es ist die Geschichte der Liebe zu ihrem Kind, dem einzig Positiven, das aus dieser zerbrochenen Beziehung hervorgegangen ist. Und solange das Kind klein ist, wird sein Vater da sein, aufmerksam und engagiert. Seine Geliebte mag sein Herz, seinen Kopf und seine Gedanken beherrschen, aber sie wird ihn nicht bekommen. Jedenfalls nicht so, wie sie es will und braucht. Nicht so, wie er es will und braucht. Sie dürfen ihr Lied behalten und ihre große Leidenschaft, aber ich werde immer da sein, als Mutter und Frau. Warum sollte ich ihm nicht das Herz brechen, so wie er meins gebrochen hat?

***

Im Radio laufen die Nachrichten, eine Frauenstimme liest nacheinander die Meldungen vor: Krieg, Hunger, Wetterkapriolen, Mord, politische Skandale, anschließend die Wettervorhersage. Die Tür geht auf, und Mal ist da in seinem alten Dufflecoat, er hat leicht gerötete Wangen.
»Hallo, Schatzi«, sagt er. »Schläft er?«
»Ja«, sage ich.
Er legt den Arm um mich und gibt mir einen Kuss auf die Wange, dann auf die Lippen. Er lächelt, zieht den Mantel aus und geht in die Küche. Ich folge ihm.
»Wie ist es ausgegangen?«, frage ich.
»Zwei zu zwei. Aber war ein gutes Spiel«, sagt er. »Viele Grüße von Neil.«
Das Ergebnis kann er auf dem Heimweg per Handy abgerufen haben, und Neil würde alles für ihn tun. Er holt sich ein Bier aus dem Kühlschrank.
»Ging es gut mit ihm?«, fragt er. »Hat er nicht zu viel gequengelt?«
»Er war lieb«, sage ich. »Zuckersüß.« Und ich schaue auf zu Mal und suche Spuren von Schminke, Glitzer, Beweise für ihr Treffen. Ich kuschele mich an ihn.
»Ich liebe dich«, sage ich.

»Ich liebe dich auch«, sagt er, etwas zu schnell. Ich schiebe meine Wange an seine und atme so tief wie möglich durch die Nase ein. Da ist nichts, nicht mal ein Hauch. Und dann, ganz kurz, glaube ich, Zimt und Pflaumen zu riechen, und sie, und dann Zigaretten, und dann Bier, und dann einfach nur die Gerüche der Außenwelt.

Richtige Arbeit

Du hattest diese Theorie, dass das Paradies die ständige Wiederholung des glücklichsten Moments im Leben ist. Für dich war das die Busfahrt zu deinem ersten Freund; ein älterer Mann mit Frau und kleiner Tochter. Du sagtest, es sei das erste Mal gewesen, dass du mit Absicht etwas Verbotenes tatest, und dein junges Herz schlug, wie es nie zuvor und seither nie wieder geschlagen hatte.

Für mich war es der Morgen, nachdem wir uns kennenlernten. Du schliefst, und ich sah zu, wie die Dämmerung ein dunkles, brennendes Orange über das East End zog. Ich war in deinem Wohnzimmer, im fünfzehnten Stock eines maroden Mietblocks aus den Sechzigern, und auf dem Plattenteller lief *Angie* von den Rolling Stones. Das Fenster war geöffnet, es wehte ein warmer Wind, und als ich auf den kleinen Balkon trat, rauchte ich eine deiner importierten amerikanischen Zigaretten. Unter mir erwachte die Stadt, aber sie war noch schläfrig. Ich sah die fleckige Kuppel von St Paul's, die bedeutungsvollen Lichter von Canary Wharf, und zum ersten Mal erkannte ich die stille Schönheit jener Gebäude. Jagger sang für die leise, verängstigte Stadt, und ohne deinen Geruch auf meiner Haut hätte ich geglaubt, mutterseelenallein auf der Welt zu sein.

***

Du sagtest, du hättest genug davon, mit Künstlern auszugehen; von deren komplizierten emotionalen Bedürfnissen, ihren widersprüchlichen Charakteren. Wir saßen in einem auf fünfziger Jahre getrimmten Diner in Soho, tranken Milkshakes und teilten uns Pommes frites. Du hattest Bourbon in die Becher gefüllt und spieltest mit einer Papierserviette. Es war unser fünftes Treffen. Zwei kahlköpfige

Männer gingen Arm in Arm an uns vorbei, blieben stehen und küssten sich. Du bemerktest meinen Gesichtsausdruck, und kurz glaubte ich, du würdest dich über meine Prüderie lustig machen. Doch das tatest du nicht, sondern knülltest die Serviette zu einem Ball und triebst mich zur Eile, weil wir uns mit Mary verabredet hatten.

Es war Sommer, früher Abend, und der Himmel wurde dunkler. Du trugst ein schwarz-weißes Hängerchen und hattest das Haar kurz zuvor auffällig platinblond gefärbt. Wir zündeten uns Zigaretten an und rauchten sie auf unserem Weg über die vermüllten Straßen. An der *Raymond Revue Bar* küssten wir uns, und mit einem Kniff in meinen Hintern schobst du mich durch die bunten Schnüre, die in der Tür eines Sexshops hingen. Ich war noch nie zuvor in so einem Laden gewesen und wusste nicht, wo ich hinsehen sollte. Du griffst zu einem Vibrator und winktest mir damit zu. Du lachtest. Hinter der Theke schlief die Bedienung. Du ließest einen Stapel Münzen auf der Theke liegen und nahmst ein Fläschchen Poppers mit.

Ich fragte dich, wozu die gut wären. Du sahst mich mit zusammengekniffenen Augen an.

»Du veräppelst mich doch nicht gerade, oder?«, sagtest du.

»Ich meine, wie du drauf bist ... manchmal hab ich das Gefühl, du kämst aus dem Wald oder so.«

Ich schnipste meine Zigarette weg. »Ich bin nur ein anständiger, unverdorbener Junge vom Land«, sagte ich.

»Das werden wir ja sehen«, sagtest du und nahmst mich bei der Hand.

✳✳✳

Mary besaß ein Domina-Studio im dritten Stock eines Wohnblocks direkt hinter der Beak Street. Sie hatte wogende Brüste und unter dem roten Auge eine Träne tätowiert. Du kanntest sie von der Kunstakademie. Während du ins Bad gingst, zeigte mir Mary Windeln für Erwachsene, eine Latexmaske und eine Auswahl von Nippelklemmen. Sie wollte mich schockieren, doch ich bemühte mich, unbeteiligt zu bleiben. Ich fragte Mary, wie sie ihre Steuererklärung machte. Das meinte ich ernst, aber ihr fandet es unglaublich lustig. Mary sagte, dass die Mehrheit der Männer, die zu ihr kämen, so wie ich seien: schüchtern, fragil, verwirrt. Ich fragte sie, was die beliebteste Bitte an sie sei. Mary überlegte kurz. »Früher war es die Peitsche«, sagte sie. »Jetzt ist es Erdrücken. Ich muss so lange auf ihnen liegen bleiben, bis sie kaum noch Luft bekommen. Die verkorksten Kerle finden das ganz toll.«

Sie stand auf und griff zu einem schwarzen Lackledertäschchen. »Soll ich dich auch erdrücken?«, fragte sie. »Soll ich dir mal zeigen, wie das gute alte Erdrücken geht?« Ich muss entsetzt dreingeschaut haben, denn ihr beiden lachtet wieder los.

»Nein, Mary«, sagtest du. »Der ist schon erdrückt genug.«

***

»Und, wie ist sie so?«, fragte Tom. Ich hatte ihn seit über drei Wochen nicht gesehen und auch seine Anrufe nicht erwidert. Wir waren im Hinterzimmer des *Faltering Fullback*, der Bar, in der wir uns immer trafen. Ich hatte eigentlich nicht kommen wollen, doch er hatte darauf bestanden, außerdem sagtest du, du bräuchtest mal einen Abend für dich. Du hättest einiges zu erledigen.

»Sie ist anders«, sagte ich. »Sie erinnert mich ein bisschen an Helen Dyer von der Schule. Kennst du die noch?«

»Der Grufti?«

»Die war kein Grufti. Sie war Künstlerin.«

»Also ist sie eine Künstlerin, diese Cara?«

»Versucht es wenigstens.«

»Groß? Klein? Dick? Dünn?«

»Schwer zu sagen.«

»Wieso schwer zu sagen?«, fragte Tom.

»Etwas größer, leicht kurvig«, sagte ich und versuchte mir vorzustellen, wie du selbst dich beschreiben würdest. »Sie mag alte Klamotten, vor allem aus den Fünfzigern. Sie hat eine Brille. Interessiert sich für Kunst, Politik und Kultur. Sie hat viel Leidenschaft.«

Tom trank einen großen Schluck Bier und legte den Kopf auf seine fleischige Hand. »Und, habt ihr?«

»Ja. Aber mehr sag ich dazu nicht.«

Grinsend kratzte sich Tom am Bart. »Bin gespannt, sie kennenzulernen.«

Ich nickte und zündete mir eine Zigarette an. Die Werbung war vorbei, die zweite Halbzeit begann. Die Vierzehn bedrängte die Sechs, die Füße hoch, mit Stollen voran. Der Sechser fiel hin, und der Pub rastete aus.

»Wenn das keine Verwarnung gibt, dann weiß ich es auch nicht«, sagte Tom. »Der Typ ist ein Tier.«

***

Städte sind so groß oder klein, wie man sie sich macht. Bevor ich dich kennenlernte, maß meine knapp vier Quadratkilometer. Ich hatte ein Haus in South Tottenham und arbeitete für die Kommunalverwaltung von Haringey im Stadtteil Wood Green. Wenn ich vor die Tür ging, zum Beispiel um mich mit Tom zu treffen, blieb ich innerhalb dieses Umkreises. Du kanntest diese Gegend nicht und warst nicht besonders begeistert, die wenigen Male, die du zu Besuch warst.

Dafür zeigtest du mir all die Orte, wo du gewohnt hattest: Viertel mit schäbigen möblierten Zimmern und Wohngemeinschaften, besetzten Häusern und Mietskasernen. In Brixton, in Harlow, in Peckham und New Cross; in Hackney, in Kensal Rise, in Kentish Town, in Finchley, Gospel Oak und an der Edgware Road. Du hattest im Norden, Osten, Süden und Westen und auch überall sonst gelebt. Aus einer Laune heraus zogst du um, immer auf der Suche nach dem perfekten Ort für dein Heim.

»Ich liebe diese Stadt«, sagtest du eines Abends, als wir in einem Taxi fuhren. »Das ist so ein körperliches Gefühl, weißt du? Als würde es an meinen Eingeweiden zerren.« Die Straßenlaternen und Neonlichter bluteten durch die Fensterscheiben. »Ich liebe sie so wie dich.«

Du machtest es dir zur Aufgabe, meine begrenzte Stadt zu erweitern. Früh am Sonntagmorgen fuhrst du mit mir in das stille Bankenviertel. In der Ruhe des Tagesanbruchs zeigtest du mir die Architektur und sprachst von Chaostheorie, radikalem Marxismus, steuerlichen Ungerechtigkeiten. Du führtest mich in vegane Cafés, vietnamesische Imbisse, türkische Grillstationen und albanische Teehäuser. Du gingst mit mir auf der Cheshire Street einkaufen und suchtest Sachen aus, in denen ich dich nicht beschämte. Mir gefiel dein Blick, wenn ich sie trug, und wie du mir beim Gehen den Arm unterschobst.

Abends gingen wir meistens aus. Am Wochenende blieben wir lange im Bett und verließen das Haus erst, wenn es dunkel wurde. Dann trafen wir deine Freunde. So viele Freunde. Nicht gerade die Sorte Menschen, mit denen ich normalerweise geredet hätte, und auch mit den Treffpunkten hatte ich keinerlei Erfahrung: Industriegelände, Lagerhäuser, weite, offene, zugige Flächen, wo man Wein- und Bierflaschen aus mit Eis gefüllten Containern zog. Es waren verrauchte kleine Bars, Clubs und Billardhallen. Es war eine andere Stadt, eine Stadt, die dir gehörte.

Die Freunde von dir gerierten sich wie Pfaue, ihre Ausdrucksweise und ihre Streitereien waren überzogen und angeberhaft. Wenn sie sich übers Fernsehen unterhielten, taten sie es auf eine Weise, die ich nicht kannte, und wenn sie über ein Buch, einen Film oder ein Kunstwerk sprachen, hatte ich ausnahmslos noch nie davon gehört. Als Gruppe waren sie eine verstörende Gesellschaft. Ich wusste nie so recht, was sie von mir hielten, von meiner schweigenden Anwesenheit am Rande der Gruppe. Meiner Meinung nach war ich am unauffälligsten, wenn ich den dahinplätschernden Gesprächen lauschte und trocken-ironische Antworten gab, wenn ich einmal direkt gefragt wurde. Du warst stolz, wenn ich das machte, das sah ich hinter deiner dickrandigen Brille.

***

Du führtest mich gerne aufs Glatteis. In der Hinsicht warst du boshaft. Eines Abends trafen wir uns mit Mary, und ihr beide nahmt mich mit in einen Fetisch-Club. Eure Gesichter leuchteten, als ihr erklärtet, was mich erwartete. Ich sagte, es höre sich lustig an, und du mustertest mich argwöhnisch.
»Du musst nicht mitgehen, das weißt du, oder?«, flüstertest du mir im Gehen zu. »Ich dachte nur, es könnte spannend sein.«
»Hört sich auf jeden Fall so an«, sagte ich.
Tatsächlich war es so, dass das Gummi, das Zaumzeug, die Korsetts und die toten Blicke der verkleideten Stammgäste mich nicht mehr einschüchterten. Außerdem war es stickig und nicht gerade berauschend in dem Club. So unglaublich dunkel, dass wir das Leder und die Cowboy-Überhosen kaum erkennen konnten. Mary verdrückte sich fast auf der Stelle, gab uns beiden einen Kuss auf die Wange und war weg. Eine Frau ging mit einem Mann an der Leine vorbei. Er trank aus einer Wasserschüssel auf dem Boden. Ohne uns zu unterhalten, gingen wir zur Theke. Ich wollte mich nicht blamieren oder einen falschen Eindruck hinterlassen.
»Stehst du darauf?«, fragtest du. »Macht es dich an?«
»Ist interessant«, sagte ich und wies auf einen Mann, der so etwas wie einen langen Schweif mit Quasten im Rektum stecken hatte. »Aber ich kann nicht behaupten, dass es mich besonders antörnt.«
»Spielverderber«, sagtest du. Du lächeltest, aber ich wusste nicht, ob es ein Scherz war. Wir sahen zu, wie Mary einen Typen nach Strich und Faden verprügelte, dann kehrten wir zurück in deine Wohnung.

***

Du warst nie gerne in meinem Haus. Früher hatte hier meine Großtante gewohnt, eine Doppelhaushälfte mit drei Schlafzimmern, Erkerfenstern und einem winzig kleinen Garten. Ich hatte versucht, es nett einzurichten, konnte deine mangelnde Begeisterung aber durchaus verstehen.

»In diesem Haus herrscht der Tod«, sagtest du. »Aber nicht auf gute Weise. Ich meine, er verleiht ihm keinen Charakter. Das Haus hat gar keinen Charakter, keine Seele. Du könntest es komplett renovieren und würdest trotzdem noch die letzten Atemzüge einer alten Frau im Nacken spüren.«

Im ersten Jahr bliebst du nicht öfter als fünf Mal über Nacht. Mir waren die braunen Wände deiner Hochhauswohnung, die zerschlissenen Sofas und das alte Bett, das bei jeder Bewegung ächzte, eh lieber. Im Fahrstuhl roch es nach Metall und Urin – nostalgisch, wie der Gestank in alten Telefonzellen –, und ich fand den Ausblick vom Wohnzimmer nach wie vor herrlich: Er verlieh mir das Gefühl, Teil eines lebenden, atmenden Organismus zu sein. Das Gefühl, am Leben zu sein.

Nach ungefähr einem Jahr verkaufte ich das Haus, und wir zogen zusammen in eine Wohnung im obersten Stock einer ehemaligen Nervenheilanstalt in Dalston. Der Makler erzählte uns, dass John Merrick, der Elefantenmensch, dort eine Zeitlang Insasse gewesen sei, und dir gefiel die Geschichte fast genauso gut wie die freigelegten Ziegelsteine und die Pechkieferdielen. Vom Schlafzimmerfenster aus sah man in einer Richtung den Victoria Park, in der anderen bis runter zur Liverpool Street. An dem Abend, als wir einzogen, schauten wir gemeinsam aus dem zweiten Schlafzimmer und prosteten uns mit einer Flasche Cava zu. Du legtest die Hand ans Fenster und lehntest den Kopf gegen die Scheibe.

»Hier kann ich arbeiten«, sagtest du. »Richtig arbeiten.«

***

Du richtetest dein Atelier in dem leeren Zimmer ein und verbrachtest dort deine Tage, die Anlage so laut aufgedreht, dass sich unsere Nachbarn über Lärmbelästigung beklagten. Wenn ich von der Arbeit heimkehrte, kamst du aus dem Atelier und stelltest dich unter die Dusche. Dann schenkte ich uns Wein ein und zog meinen Anzug aus. Noch Monate nach dem Einzug lebten wir aus Kartons, die wankenden Stapel verhöhnten mich, doch ich konnte mich einfach nicht überwinden, sie auszupacken. Immer wieder sagte ich mir, dass ich es am Wochenende tun würde oder an einem Abend in der kommenden Woche, doch dazu kam es nie; genauso wenig wie es dazu kam, dass ich mit dem Rauchen aufhörte, ins Fitnessstudio ging oder abends nichts trank.

Vielleicht bist du anderer Meinung, aber ich glaube, dass du in jenen Momenten tatsächlich am glücklichsten warst. Frisch aus der Dusche, ein Handtuch um den Körper, ein Glas Wein in der Hand, eine Zigarette zwischen den Fingern. Du saßest oft auf dem Toilettensitz und erzähltest mir von deinem Tag, und ich hörte dir zu; danach berichtete ich dir wie ein durchnässter Stadtschreier, was ich in der Zeitung gelesen hatte. Wenn wir fertig waren, nahmen wir ein Taxi, wohin auch immer wir wollten. Du dachtest nie ans Geld: Dir gefiel einfach, wie es sich anfühlte, mit dem Taxi durch die Straßen der Stadt zu fahren.

Ich hingegen dachte ans Geld. Ich dachte an die Schulden, die wir anhäuften, an die Verschwendung unseres Einkommens. Ich war immer sehr sparsam gewesen, doch nur achtzehn Monate unseres Zusammenseins hatten sich bereits in meine Ersparnisse und andere Rücklagen gefressen. Du hattest hier und dort Aushilfsjobs, Teilzeitstellen, Aufträge als Freie, aber nichts Handfestes. Es frustrierte mich, aber ich wusste, dass es sinnlos war, dich darauf anzusprechen. Deshalb war ich begeistert, als dir dieser Job angeboten wurde. Es war eine gute Stelle, eine kreative Aufgabe, und eine hübsch bezahlte dazu. Du hattest eine Jogginghose und ein

Hemdchen an, als du mir davon erzähltest. Du lächeltest kein einziges Mal.

Ich war erst verwirrt, dann sauer. Du überlegtest, das Angebot auszuschlagen. Du machtest Ausflüchte und nanntest sie Gründe. Es würde deiner richtigen Arbeit in die Quere kommen; es sei zu weit weg; du würdest jeden Tag zwei oder mehr Stunden im Zug eingepfercht sein. Als du dann anfingst, von einem neuen Projekt zu erzählen, einem, das mit Sicherheit ein Erfolg würde, platzte mir der Kragen.

»Kannst du vielleicht auch einmal im Leben an uns denken und nicht nur an dich? Daran, was für uns beide gut wäre?«

»Du begreifst es einfach nicht, oder?«, sagtest du. »Was für mich gut ist, ist für uns beide gut. Willst du wirklich, dass ich als Lohnsklave arbeite? Mit Kostüm und wippender Frisur? Nur Po und Titten? Kannst du dir mich wirklich so vorstellen? Ich bin so, ich kann es nicht ändern und werde mich auch bestimmt nicht dafür entschuldigen. Du willst, dass ich eine Stelle annehme? Du willst, dass ich Werbezeichnerin werde? Ich meine, weißt du überhaupt, was es bedeutet, Werbezeichner zu sein?«, sagtest du. Du hieltest inne und zündetest dir eine Zigarette an.

»Aber vielleicht ist es genau das, was du willst«, fuhrst du fort. »Was du schon immer wolltest. Ein Haus, eine Stelle, vielleicht ein paar niedliche Kinder, dann raus an den Stadtrand und täglich die *Daily Mail*? Geht es darum, Ben? Willst du, dass ich meine ganzen Träume in den Müll trete? Willst du, dass ich so werde wie du und mich mit weißen Knöcheln an den Talenten anderer Menschen festkralle?«

Das Weinglas verpasste dich um mehrere Zentimeter, und ich ließ dich zurück, um die Scherben aufzusammeln.

***

137

Im *Faltering Fullback* lief ein Spiel, Fulham gegen Bolton. Tom und ich saßen links der großen Leinwand. Ich hatte so viel wie möglich erzählt, er hatte so gut zugehört, wie er konnte, jetzt schauten wir die zweite Halbzeit.

»Willst du heute bei mir schlafen?«, fragte Tom.

»Weiß nicht«, sagte ich. »Eigentlich müsste ich zurück. Will nicht, dass sie denkt, ich wäre nur kurz Zigaretten holen.«

Wir mussten beide grinsen. Es war ein Spruch aus unseren ersten Jahren in London. Damals lebten Tom und ich zusammen in einer Zweizimmerwohnung über einer rund um die Uhr geöffneten Videothek. Wir arbeiteten beide in der Nachtschicht eines Dateneingabeunternehmens in Hornsey und kamen nach der Arbeit nach Hause, liehen uns ein paar Videos und schauten sie an, während wir uns mit komplizierten Trinkspielen die Zeit vertrieben. Wir mochten schlichte Actionstreifen, Polizeidramen, Krimis – Filme, die schablonenhaft, unoriginell und wunderbar vorhersagbar waren. Es waren eben diese Klischees, die wir so liebten: der beste Freund ein Schwarzer, der in den ersten Minuten erschossen wird, der verschwundene Mann, der kurz Zigaretten holen will, der nervlich angeschlagene Bulle, der Chef, der ihn vom Fall abzieht, der vertrauenswürdige Fürsprecher, der sich als Bösewicht entpuppt. So lebten wir fast sechs Monate in einem Zustand feuchtfröhlicher Kameradschaft. Es war der einzige Teil meiner Vergangenheit, den du irgendwie cool fandest.

Kurz vor dem Abpfiff riefst du an. Tom entschuldigte sich und ging zur Theke. Ich griff zum Handy und hielt es ans Ohr, ohne mich zu melden. Als ich schließlich sprach, lauschte ich dem Geräusch deines Atems.

»Du verstehst das nicht«, sagtest du. »Ich will nicht so sein. Kommst du jetzt bitte nach Hause? Ja?«

»Es tut mir leid«, sagte ich. »Ich hätte nicht so ausrasten sollen.«

»Kommst du also nach Hause?«

»Ich komme, so schnell ich kann.«
Ich verabschiedete mich von Tom und fuhr mit einem Taxi
zur Wohnung.

***

Du sagtest die Stelle trotzdem ab. Nicht, dass du es mir sofort erzählt hättest. Aber da war es schon egal; du hattest
endlich eine deiner Arbeiten verkauft. Du hattest zusammen mit ein paar anderen eine Ausstellung in einem Raum
in Bethnal Green, sie erregte große Aufmerksamkeit. Es war
etwas Neues von dir, eine Installation: Hüte auf Drähten.
Ein ganzes Zimmer voll: Kappen, Homburger, Strohhüte,
Melonen, und alle waren begeistert. Ich kam zu spät zur Er-
öffnung. Als ich eintraf, hattest du das Werk bereits an
einen Sammler verkauft und redetest mit ihm und den paar
Leuten, die ihn begleiteten. Du stelltest mich James, Johnny,
Jimmy, Davey, Mickey, Jane und Iola als deinen Lebens-
gefährten und Manager vor. Alle sagten, wie toll sie die Hüte
fänden.
In ihrer Gegenwart wirktest du leicht nervös, aber wurdest
immer ruhiger. Wir zogen von der Galerie in eine Bar und
nahmen uns ein Taxi in die nächste. Mir war schwindelig
vom Trinken und vor Aufregung. Wir verließen den Club
und brauchten einige Zeit unter den dämmrigen Laternen
der Brick Lane, um einen Laden zu suchen, den Mickey
kannte. Irgendwann landeten wir im Hinterzimmer einer
türkischen Billardhalle, tranken warmes Efes aus Flaschen
und rauchten ausländische Zigaretten. James, Johnny, Jimmy,
Davey, Mickey, Jane und Iola nahmen Drogen, rauchten sie
von Alufolie. Und dann sah ich zu, wie du dasselbe machtest. Auf der Toilette lag ein fetter gedrehter Haufen in der
Schüssel. Ich kotzte darauf und spülte die stinkende Masse
fort.
Am nächsten Tag musste ich eigentlich arbeiten. Ich hin-
terließ eine Nachricht für meinen Chef, ich hätte heftige

Magenkrämpfe. Es war das erste Mal, dass ich mich krank-
meldete.

***

Danach wurde es anders. Wir wurden, willentlich oder
nicht, in eine dunklere Umlaufbahn gesogen, in der ich
mich verzweifelt unsicher fühlte. Das mit den Drogen gefiel
mir nicht, ebenso wenig die Wirkung, die sie auf dich und
James, Johnny, Jimmy, Davey, Mickey, Jane und Iola hatten.
Diese neue Clique, diese neuen Leute, hatten Geld, aber keine
Klasse. Du kamst sofort bei ihnen an, sie machten dich zum
Mittelpunkt ihrer kleinen Gruppe. Anders als deine früheren Freunde hatten sie keine Verwendung für mich. Der ge-
legentliche trockene Kommentar war überflüssig. Sie waren
selbst zu trocken. Sie beäugten mich misstrauisch, ein Spion
in ihren Reihen.
Du hättest niemals ein Wort gegen sie gesagt. Diese Leute.
Diese Clique, die durch die dunkler werdenden Straßen jagte
auf der Suche nach etwas, irgendetwas, das ihnen auch nur
das kleinste aufregende Kribbeln verschaffte. Sie sagten, sie
bewunderten Michael Alig, einen Partyveranstalter, der seinen Geliebten getötet und in Stücke geschnitten hatte.
Wenn sie seinen Namen beschworen, lag keine Spur von
Ironie in ihrer Stimme.
Du sprachst von ihnen als deinem Netzwerk; du nanntest
sie Freunde. Und es war schwer, nicht zu sehen, welche Wirkung sie auf dich hatten. Du wurdest ernst genommen,
man hörte dir zu und nahm Rücksicht auf dich. Mit ihnen
zusammen warst du, auch wenn es mich schmerzt, es zu sagen, eine strahlende Erscheinung. Nie habe ich bei jemandem so eine Schönheit, so eine Überzeugung, so eine Leidenschaft gesehen. Doch das wurde durch einen neuen
Sarkasmus beschwert. Du fingst an, anders zu sprechen:
härter, direkter. Du achtetest mehr auf die Schwächen von
Menschen, suchtest ihre dunklen Seiten. Nachts im Bett,

wenn du betrunken oder auf Drogen warst, batest du mich, dich zu fesseln und zu schlagen, nur um zu erfahren, wie es sich anfühlte. Eines Abends batest du mich, eine Zigarette auf deinem Arm auszudrücken. Ich wollte es nicht tun, aber du beharrtest darauf. Ich glaubte, der Geruch würde mich nie mehr verlassen.

Wir wurden zu unzähligen Partys und Vernissagen eingeladen. Diese Leute. James, Johnny, Jimmy, Davey, Mickey, Jane und Iola. Wahrscheinlich rechneten sie nicht damit, dass ich immer dabei war, aber ich vertraute ihnen nicht genug, dich ihnen ganz zu überlassen. Du beschwertest dich nie über meine Gegenwart, zumindest nicht bei mir. Davey nannte mich immer deinen Aufpasser. Ihn mochte und ihm traute ich am wenigsten.

Du erwartetest von mir, dich auf dem Laufenden zu halten, wann und wo wir hinmussten. Ich kaufte dir ein elektronisches Spielzeug, damit du dich besser organisieren konntest, aber du zerstörtest es und arbeitetest es in eines deiner Werke ein. Das entdeckte ich erst, als ich sein metallenes Innenleben und die Drähte auf einen Parkettboden geklebt sah. Du bedanktest dich bei mir mit Küssen für die Inspiration. Es war das zweite Kunstwerk, das du verkaufen konntest.

***

Danach verkauftest du noch zwei weitere Arbeiten. Eine für einen relativ hohen Geldbetrag. Es war ein Bild des Hauses, in dem wir wohnten, doch in jedem Fenster verbarg sich ein klitzekleiner Tatort; eine Leiche, Blutspritzer, eine Mordwaffe. James, Johnny, Jimmy, Davey, Mickey, Jane und Iola sagten, es markiere bei dir den Beginn einer neuen Phase. Sie meinten, du wärst eine ganz Große; du hättest ein seltenes Gespür für Gesellschaft und Kunst. Zu Hause griff deine Arbeit auf unsere gemeinsamen Bereiche über: An den Wänden waren Farbkleckse, Flecken auf den Bodendielen.

Ich schlug vor, von dem Geld in Urlaub zu fahren, eine Weile dem Schweiß und den Launen der Stadt zu entkommen.

»Bist du total *verrückt*?«, sagtest du. »Ich habe gerade vier Arbeiten verkauft, ich muss weitermachen, muss den Schwung nutzen. Hör zu, wenn du willst, dann fahr, bitte fahr. Aber ich hab hier zu arbeiten, ja?«

»Ist doch nur eine Woche, Schatz«, sagte ich. »Nur sieben Tage.«

»Ich habe keine sieben Tage übrig«, sagtest du. »Ich muss weiterarbeiten.«

***

In der nächsten Woche flog ich mit Tom nach Zypern. Er war überrascht gewesen von meinem Vorschlag – wir hatten uns mehrere Monate nicht gesehen –, aber er schien sich zu freuen. Du verabschiedetest dich zerstreut, unaufmerksam, und auf einmal war ich losgelöst, wieder für mich allein.

Tom hatte sich den Bart abrasiert, trug Shorts und Flip-flops. Er wirkte bereits entspannt, sein gut gepolsterter Körper klemmte in einem Metallstuhl. In der Flughafenbar tranken wir Guinness, und er erzählte von einer alten Schulfreundin – Rebecca Johns –, die er vor kurzem wiedergetroffen hatte. Sie war wohl geschieden und lebte jetzt mit einem fünfzigjährigen Anwalt und seinen zwei Kindern zusammen. Tom sprach von damals, als Rebecca mit uns beiden losgezogen war, weil wir uns eine Tätowierung stechen lassen wollten. Wir hatten alle gekniffen.

»Ich habe jetzt ein Tattoo«, sagte ich.

Tom hielt inne. »Ein Tattoo? Wirklich? Wo denn?«

Ich zog meine Jacke aus, raffte den Ärmel meines T-Shirts und zeigte ihm das grün-schwarze Symbol auf meinem Bizeps.

»Seit wann hast du das denn?«

»Seit sechs Monaten.«

»Tat es weh?«

»Höllisch. Cara hat sich gleichzeitig eins machen lassen. Aber sie hat sich gut gehalten.«

»Was für ein Motiv hat sie?«

»Dasselbe.«

Er schüttelte den Kopf und lachte. Dann nahm er die Brille ab und putzte sie mit seinem T-Shirt.

»Was ist daran komisch?«, fragte ich. »Ich find's gut.«

Tom sah mich über den Tisch an. Die Bar wurde gnadenlos durch ein großes Fenster beleuchtet. Das Brummen vom Flugfeld verlieh dem Raum eine Art summender Anspannung. Tom griff zu seinem Glas.

»Auf den Urlaub!«, sagte er mit einem Grinsen, das seinen dicken Wurm von Zunge entblößte.

***

Ich schrieb auf eine Postkarte: »Du fändest es herrlich hier«, aber wusste, dass dem nicht so wäre. Das Licht war mitunter unerträglich: die beharrliche Sonne, das sternenbestreute, aufgewühlt grüne Meer. Jeden Tag gingen wir hinunter an den Strand. Ich lag unter einem Sonnenschirm und las billige Thriller, ließ die schwierigeren Romane und Biografien im Hotel. Tom verbrachte den Großteil des Tages schlafend neben mir, röstete seine Haut lachsrosa. Wenn Ebbe war, spielten wir Fußball, andere schlossen sich an. Ich schwamm im Meer, das Wasser so klar wie Gin.

Abends aßen wir in einem Restaurant am Strand, dann ging's weiter in die Bars. Meistens wurde irgendwo Fußball gezeigt, und wir spielten viel Karten. Wir unterhielten uns nicht über Kunst oder Bücher, Kultur oder Politik. Wir redeten von früher, von Filmen, die wir mochten, zitierten Sprüche aus Fernsehsendungen, die wir damals gerne gesehen hatten. Wir diskutierten über Spieltaktik beim Fußball und dachten uns unmögliche Rätsel aus. Über dich sprachen wir nicht. Wir sprachen nie über dich. Sobald dein Name fiel, wechselte Tom das Thema.

Wir machten einen Ausflug ins Troodos-Gebirge. Selbst im Sommer lag Schnee auf den Gipfeln, die Aussicht nötigte Demut ab. Wir besuchten ein Kloster, und Tom und ich wurden still. Für einen Moment überlegte ich, Mönch zu werden. Ich bin mir sicher, dass jeder Mann dort dasselbe dachte. Schlichte braune Kutten, ein Paar Sandalen und diese tiefe, sehnsüchtige Stille. Der Geruch von Wachskerzen und Weihrauch, der Geschmack selbstgemachten Weins, der warme Klang der läutenden Glocke. Ich sah zu, wie die Mönche in einer Reihe über den Hof schlurften, die gesenkten Köpfe zeigten ihre blassweißen Tonsuren. Tom machte ein Foto. Es fühlte sich an wie gestohlen.

Beim Mittagessen waren Tom und ich schweigsam. Vom Restaurant aus sah man über die Bergkette, auf struppiges braunes Gras, grün belaubte Bäume und einige Bauernhöfe. Das *Kleftiko* war zart, der Wein trocken und kühl. Zwei Frauen setzten sich an den Nebentisch. Sie hatten helles Haar und üppige Kurven, wirkten irisch. Tom fragte sie, was sie vom Kloster hielten. Sie überlegten kurz, als suchten sie das Minimum notwendiger Worte.

»Es war sehr beruhigend«, sagte die Frau links von mir. Ihr Akzent klang ein wenig nach Lancashire; sie hieß Emma. Tom lächelte.

»Ich hab mit dem Gedanken gespielt, mich der Bruderschaft anzuschließen«, sagte er. »Aber ich habe gehört, es führt zu gewissen Gewohnheiten.«

Sie lachten über seinen schwachen Scherz und setzten sich zu uns. Ich merkte, dass ich flirtete. Ich stellte mir diese Emma in meinem Bett vor, ihre großen Brüste, ihr kehliges Lachen, ihre reizvollen Sommersprossen. Und dann dachte ich an dich.

Kaum waren wir zurück in der Villa, rief ich dich an. Deine Stimme klang aufgedreht; aufgedreht, aber froh, von mir zu hören.

»Wie ist es da so? Ist es heiß?«

»Ja, es ist heiß«, erwiderte ich, »aber es weht eine leichte Brise. Es ist wirklich herrlich. Wir sind direkt am Meer.« Ich wusste nicht, ob ich dir das schon erzählt hatte.

»Ich hab eine super Idee gehabt. Für ein Werk. Hab heute angefangen.«

»Gut.«

»Wann kommst du zurück?«

»Samstagmorgen.«

Es gab eine Pause, so als würdest du etwas durchrechnen.

»Gut. Bis dann also. Ich liebe dich.«

»Ich liebe dich auch.«

»Ach, Ben?«

»Ja?«

»Du fehlst mir. Du fehlst mir total.«

»Du fehlst mir auch«, sagte ich.

***

An jenem Abend schliefen Tom und Maria miteinander. Sie ließen Emma und mich auf dem Balkon zurück, wo wir Wein tranken und uns unterhielten. Beinahe küssten wir uns. Es war schwerer, es zu lassen, als du dir vorstellen kannst. Sie hatte sich gerade von ihrem Mann getrennt, einem Telefonverkäufer aus Oldham, die Gefühle lagen immer noch ziemlich blank. Es gab keine Tränen, als sie mir davon erzählte, von der dumpfen Vorhersagbarkeit ihrer dumpfen Beziehung. Ich erzählte ihr von dir und dass es eins gab, was du niemals warst, nämlich dumpf.

»Das muss aber hart für dich sein«, sagte Emma. »Mit alldem zurechtzukommen.«

»Womit?«

»Na ja. Mit den Wutanfällen und so. Diese ständige Sucht

nach Aufmerksamkeit. Das würde mich kaputtmachen. Es war schon schlimm genug mit Gary und seinen Launen. Aber wenn der ein Bier und einen geblasen bekam, war alles wieder gut. Na ja. Dachte ich wenigstens. Nach dem, was du über Cara erzählst, hört sie sich ... nun ja, schwierig an.«
Ich griff zu den Zigaretten und wog sie in meiner Hand.
»Sie bedeutet mir alles«, sagte ich. »Ehrlich, ich kann die Vorstellung nicht ertragen, ohne sie zu sein.«
»Das Gleiche dachte ich früher immer von Zigaretten«, sagte Emma lachend. »Jetzt kann ich nicht mal mehr den Anblick ertragen.«
Sie erzählte noch etwas mehr von Gary, und wir leerten den Wein. Als sie ins Bett ging, lag ich mit einer schmerzhaften Erektion auf dem Wohnzimmersofa. Ich versuchte, an dich zu denken.

✳✳✳

Du holtest mich nicht vom Flughafen ab. London war stahlgrau und regengepeitscht. Tom und ich fuhren mit der U-Bahn durch die Stadt, im Abteil eine Mischung von Leuten, die aufgeregt waren, in der Hauptstadt zu sein, und solchen, die entsetzt über ihre Rückkehr waren. Fast sofort schliefen wir ein und hatten Glück, unsere Haltestelle nicht zu verpassen. Ich hatte Sand in der Socke und den Geruch von Sonnencreme auf der Haut.
»Danke für den tollen Urlaub«, sagte ich, als wir uns bei King's Cross verabschiedeten.
»Meld dich«, sagte Tom. »Und nicht erst wieder in ein paar Monaten wie beim letzten Mal. Dann könnte ich schon verheiratet sein.«
Ich schlug die Tür seines Taxis zu und ging zu Fuß zur Bushaltestelle. Ich wartete eine Weile, und als der Bus kam, wurde mir plötzlich übel. Ich hielt aus bis zur Essex Road und musste dann aussteigen. Die Pubs hatten gerade geöffnet, ich ging in den *Duke of Marlborough*. Es war duster,

die Lampen waren noch nicht eingeschaltet, die einzige Beleuchtung war der grüne Schimmer eines Fernsehbildschirms, auf dem ein Pferderennen lief. Ich bestellte Rotwein, setzte mich auf ein Sofa und holte eines der Bücher hervor, das ich am Strand hatte lesen wollen. Da riefst du an. Du meldetest dich, um mich zu fragen, wie ich zurechtkäme. Du klangst aufgeregt. Ich wollte gerade sagen, es hätte eine Verspätung gegeben, ich wäre ungefähr in einer Stunde zu Hause, da hörte ich deine Stimme richtig, ihren zärtlichen Zauber. Ich leerte mein Glas und eilte hinaus in den schmutzigen Stadtregen.

***

Du trugst einen kurzen Rock und ein T-Shirt. Du küsstest mich leidenschaftlich, und wir unterhielten uns kurz, bis du mich ins Schlafzimmer zogst. Ich wollte länger warten, aber ich hatte vergessen, wie weich deine Haut war, wie sich dein Körper an meinem anfühlte. Danach teilten wir uns eine Zigarette, deine Wange auf meiner Brust, und ich betrachtete die Unordnung, die du veranstaltet hattest. Es lagen Teller und Pizzakartons herum, leere Weinflaschen und volle Aschenbecher. Später würde ich aufräumen, dachte ich, nachdem ich die Waschmaschine angestellt und geduscht hätte. Du küsstest meine Brustwarze und niestest dann. Mit den Fingern fuhrst du durch mein Brusthaar und zupftest leicht daran, wie um zu prüfen, ob es noch fest war.

»Es wird alles deutlich besser werden«, sagtest du. »Das spüre ich.«

Du rauchtest die Zigarette zu Ende und gähntest.

»Das Projekt habe ich übrigens fertig«, sagtest du. »Das, von dem ich dir erzählt habe. Am Mittwoch habe ich es Johnny gegeben, und er kann gar nicht mehr aufhören, davon zu reden. Er meint, es wäre das Beste, was er seit Jahren gesehen hat. Echt, der schwärmt total davon. Du weißt ja, wie er normalerweise drauf ist, ja? So griesgrämig und mürrisch. Als er sich das angeguckt hat, ist ihm fast einer abgegangen.«

»Super. Tolle Neuigkeiten. Was ist das genau für eine Arbeit?«

»Ein Film. Na ja, eine Art Montage ... Schwer zu erklären, aber ich glaube, es ist das Beste, was ich je gemacht habe, Ben. Sagt Johnny jedenfalls. Das Beste, was ich je gemacht habe.«

»Wovon handelt es?«, fragte ich und betrachtete wieder den vermüllten Boden.

»Sex und Tod«, sagtest du und lachtest. »Was sonst?«

Du weigertest dich, mehr darüber zu verraten. Offenbar fand Johnny, die Wucht des Films liege im Überraschungseffekt, und den wolltest du mir nicht verderben.

»Aber die Zeitungen haben Interesse angemeldet«, sagtest du. »Johnny meint sogar, wir könnten das Fernsehen bekommen.«

»Schatz, Johnny erzählt meistens nur Scheiße.«

»Alle reden Scheiße«, sagtest du. »Das müsstest du doch inzwischen begriffen haben.«

***

Wir waren schon ein paar Mal in Johnnys Galerie gewesen, aber als wir nun eintrafen, war es irgendwie anders: Es herrschte eine gewisse Erwartung. Du wurdest für *Frieze* porträtiert, und damit konnte jeder etwas anfangen. Du hattest es geschafft: Alle hatten es geschafft. James, Johnny, Jimmy, Davey, Mickey, Jane und Iola. Im Hintergrund lief Musik, etwas Misstönendes auf einem Cello. Wir tranken Beck's aus Flaschen und Wein aus Gläsern und sahen zu, wie es voller wurde. Deine Freunde musterten jedes Gesicht, berieten sich untereinander über dessen relative Bedeutung. Ich sah sie mir an, diese vielen Menschen; mehr als ich jemals bei einer solchen Veranstaltung gesehen hatte.

James, Johnny, Jimmy, Davey, Mickey, Jane, Iola und ich waren draußen. Wir rauchten Zigaretten, und ich lauschte ihren Gesprächen, hörte, dass du die Anforderungen an eine moderne Künstlerin tatsächlich neu definieren würdest. Ein Pärchen – zwei enorm erfolgreiche Künstler, die inzwischen Werbevideos für Rockbands gestalteten –, gesellte sich zu uns. Ich wurde vorgestellt, und die beiden warfen mir ein vertrautes Lächeln zu, eines, das mir bescheinigte, keiner von ihnen zu sein.

Dann warst du da. Du trugst ein schwarzes Neckholder-Bustier und einen kurzen schwarzen Rock. Deine Fingernägel waren lackiert, dein Lippenstift rot.

»Heute ist der Vamp dran«, hattest du beim Anziehen gesagt. »Die kleine Naive muss zu Hause bleiben.«

Ich reichte dir ein Glas. Du wirktest nicht unsicher, sondern eher ausgereift.

»Bist du nicht nervös?«, sagte ich, als wir hineingingen, durch die Menschenmenge hoch zum Podium.

»Ein bisschen, aber die Journalistin eben, die fand es super. Sie meinte, es wäre ein stilbildendes Werk.«

Ich schaute mich nach der Gruppe der Sammler um und stellte fest, dass alle gleich aussahen, ausnahmslos in Schwarz und Anthrazit gekleidet. Ich holte mir noch ein Glas und wartete darauf, dass Johnny dich vorstellte.

***

Johnny kam mit seiner überschwänglichen Lobrede zum Ende, und du nahmst den Platz hinter dem Mikrofon ein. Es wurde applaudiert, ohne dass jemand den Film gesehen hatte. Dann verstummte das Klatschen, und du begannst zu sprechen.

Und das sagtest du:
Vielen Dank, dass ihr gekommen seid. Ich habe gar nicht gedacht, dass ich so viele Freunde und Verwandte habe. Dies ist eine ganz besondere Arbeit für mich, die ich schon viele Jahre mit mir herum-

*trage, aber die erst vor kurzem Wirklichkeit wurde. Sie hat einen
ziemlich langen, abstrakten Titel, aber ich habe immer schon gerne
mit Wörtern gespielt. Ich widme sie voller Liebe meinem Lebens-
gefährten Ben, der so lieb war, das Land eine Woche lang zu verlassen, damit ich die Arbeit fertigstellen konnte.*

Und dann sahen wir es an die schwarze Wand der Galerie
geworfen: Was du gemacht hattest. Dein Kunstwerk: *Künstlerische und naturalistische Darstellungen von Sex und Tod in ihrer
Simultaneität.*

Zuerst ist die Leinwand schwarz. Dann setzt der Ton ein.
Oh, ja! Oh, gib's mir! Oh, ja! Ein Mann kommt ins Bild. Er ist
nackt. Er ist in einem Zimmer mit hellem Holzboden. Eine
blonde Frau kniet vor ihm. Sie saugt an seinem Penis. Hinter den beiden sitzen zwei Frauen auf einem Sofa. Sie sind
nackt. Sie küssen sich. Eine hat dunkles Haar, die andere
blondes. Die Blondine ist ansonsten unbehaart. Der Mann
sieht den beiden Frauen zu. Sie hören auf, sich zu küssen.
Die Dunkelhaarige fängt an, die Scheide der unbehaarten
Frau zu lecken. Der Mann sieht weiter zu. Die kniende Frau
lutscht weiter an seinem Penis.
Kurz ist die Leinwand leer. Dann kommen Bilder von Nachrichten. Sie stammen mitten aus dem Tagesgeschehen. Der
Ansager steht in einem Studio, ein Amerikaner. Er hat weiße
Zähne und eine orange schimmernde Haut. Er sagt: ... *Schießerei in Malibu am späten Mittwochabend. Es ist der fünfte Zwi-
schenfall in der letzten Woche, der mit Banden in Verbindung gebracht wird. Hier kommt Shola Singh mit weiteren Informationen.*
Die Szene wechselt auf die Straßen von Malibu. Shola Singh
hat eine Frisur, die an einen Motorradhelm erinnert. Eindringlich schaut sie in die Kamera und sagt: *Beamte der Mord-
kommission wurden heute Nacht um 3:17 Uhr zu diesem Wohn-
haus gerufen ...* Der Ton wird leiser und von pornografischem
Stöhnen übertönt.
Das Bild teilt sich. Auf der linken Seite lutschen die Frauen

jetzt abwechselnd am Penis des Mannes. Auf der rechten Seite geht der Bericht über die Schießerei weiter.

[links] Er steckt seinen Penis in den Mund der Blondine.

[rechts] Ein Bild des Opfers. Es heißt Diego Riera, 23. Es wurde sechzehn Mal auf ihn geschlossen. Ein Kriminalbeamter ruft Zeugen auf, sich zu melden. Zurück ins Studio.

[links] Er steckt seinen Penis in den Anus der dunkelhaarigen Frau.

[rechts] »In Oakland«, sagte der Nachrichtensprecher, »kam es heute bei der Beerdigung des Pornodarstellers Mark Steele zu Protesten. Der kurze Gottesdienst am Vormittag wurde von Demonstranten aus den Familien von Jayne Lou Michaels, bekannt als Jayne Raine, von Michelle de la Hoya, bekannt als Jenna Levein, und von Angela Griffin, bekannt unter dem Namen Angel Lord, gestört. Hier ist Tammy Fallon direkt aus dem Beerdingungsinstitut.

[links] Die blonde Frau lutscht am Penis des Mannes, sobald er ihn aus dem Anus der Dunkelhaarigen zieht. Er steckt seinen Penis in den Anus der anderen Blondine.

[rechts] Tammy Fallon hat blondiertes Haar und trägt ein violettes Kleid. Sie wartet kurz, dann spricht sie. »Die Angehörigen waren empört über die Entscheidung des Gerichts, keine zivilrechtlichen Entschädigungsklagen gegen Steeles Nachlass zuzulassen. Das Gericht reagierte damit auf Anschuldigungen, Steele hätte vor dem Dreh des pornographischen Films *Die verlorenen Mädchen* absichtlich einen vorgeschriebenen HIV-Test gefälscht. Alle Darsteller wurden später positiv auf HIV getestet. Michaels, de La Hoya und Griffin starben im vergangenen Jahr.«

[links] Er steckt seinen Penis in den Mund der dunkelhaarigen Frau. Er steckt seinen Penis in die Scheide der dunkelhaarigen Frau.

[rechts] »Sie alle wurden von diesem Mann umgebracht«, sagt eine Frau. Sie ist die Mutter der anderen Blondine. Ein Foto des Toten wird gezeigt. Dann ein Bild der anderen

Blondine. »Er hätte ihnen genauso gut eine Pistole an die Schläfe setzen und abdrücken können.«

[links] Er nimmt seinen Penis in die Hand. Die drei Frauen stellen sich vor ihm auf.

[rechts] »Er kann für seine Verbrechen nicht mehr büßen, aber wir fordern Gerechtigkeit«, sagt ein Mann. Er ist der Vater der dunkelhaarigen Frau. Ein Foto der dunkelhaarigen Frau wird gezeigt, dann ein Foto der blonden Frau. Tammy Fallon schaut ernst drein.

[links] Der Mann ejakuliert in die Gesichter der Frauen. Die drei küssen sich.

[rechts] Die Reporterin sagt: »Tammy Fallon, CBS News, Oakland.«

Die Leinwand wird schwarz.

***

Einen Moment lang herrschte Schweigen. Dann kam der Applaus. James, Johnny, Jimmy, Davey, Mickey, Jane und Iola hatten fast Tränen in den Augen. Alle wollten zu dir, um zu gratulieren. Als ich von den Gratulanten beiseitegeschoben wurde, hörte ich jemanden sagen: »Sex und Tod. So einfach, und doch so ... ausdrucksstark.« Eine andere Stimme: »Die Verwendung des geteilten Bildschirms, diese Dualität, das ist genial.« Und noch eine andere: »Dieser Film sagt alles, was es über unseren Männlichkeitswahn zu sagen gibt.« Und eine andere: »Der künstlerische Blick ist frappierend. Er ist nackt; gleichzeitig hässlich und schön.« Noch eine andere: »Echt, dies ist einer von den Momenten, wo man sich später fragt: Wo bist du damals gewesen?« Der Applaus und die Gespräche überwältigten mich. Ich holte mir etwas zu trinken und setzte mich. Ich sah dir zu, wie du dich unterhieltest, Huldigungen entgegennahmst. Du glühtest im Spiegel des Lobs, dein Gesicht von den Lampen geisterhaft bemalt. Ich konnte dich kaum erkennen.

***

Nach einer halben Stunde kamst du zu mir und legtest den Arm um mich.

»Sorry, Schatz, das war der Wahnsinn. Alle finden es super. Einfach super! Was hältst du denn davon? Findest du es auch toll?«

Ich sah in mein Glas. »Ich fand, es war einfach, aber ausdrucksstark«, sagte ich. »Die geteilte Leinwand war genial. Es war gleichzeitig hässlich und schön.«

Du hattest diese Theorie, dass das Paradies die ständige Wiederholung des glücklichsten Moments im Leben ist.

»Alles in Ordnung?«, sagtest du.

»Ja, klar«, sagte ich. »Los, red mit deinem Publikum.«

»Wirklich?«

»Natürlich«, sagte ich. Du gabst mir einen Kuss auf die Wange.

Ich griff zu meiner Jacke. »Wir sehen uns später«, sagte ich.

»Du willst doch nicht schon gehen, oder? Du kannst noch nicht gehen«, sagtest du. »Hier sind noch jede Menge Leute, die du kennenlernen musst.«

»Mach ich später«, sagte ich. »Ich geh nur kurz Zigaretten holen.«

Manchmal nichts, manchmal alles

Meine Habseligkeiten nahmen im Umzugswagen nicht viel Platz ein. Sechs Kisten, ein Koffer und eine Lampe, die ich nicht mal mochte. Mark hatte eine Menge Sachen. Einen Kaktus, ein Sofa, einen Trolley, eine riesige Eichenkommode. Irgendwo inmitten dieser Gegenstände tickte eine Uhr. Ich fragte mich, was für eine Uhr so laut ticken konnte, und beschloss, die Batterien zu entfernen, sobald wir in unserem neuen Haus wären.

Nachdem der Wagen voll beladen war, setzte ich mich auf die Laderampe und drückte auf den leuchtenden Knopf. Sie fuhr mich mit gleichmäßiger Geschwindigkeit hoch und runter. Mark sah mir vom Bürgersteig aus zu, atemlos, die Hände in den Hüften, auf dem T-Shirt Schweißflecken. Mitten im Hochfahren nahm ich den Finger von der Taste und sprang von der Plattform.

»Komm, Joe!«, sagte er. »Können wir jetzt bitte los?«

Ich drückte das Tor auf und ging durch die Eingangstür. Die Wohnung wirkte verlassen und nackt ohne die Sachen von Andrea; wie ein Clown ohne Schminke. Ich ging durch den Flur, den sonst das portugiesische *Vertigo*-Poster und ein signiertes Foto von Sophia Loren zierten. Im Wohnzimmer, wo früher der große Spiegel hing, den sie auf einem Flohmarkt gekauft hatte, befand sich nur eine weiße Fläche mit einem nikotinfarbenen Kranz. Auf dem Teppich lag eine Strähne ihres kastanienbraunen Haars, daneben waren mehrere Flecken: Rotwein, Curry, Lippenstift. Könnte ein Wissenschaftler Andrea aus den Dingen zum Leben erwecken, die sie zurückgelassen hatte, fragte ich mich. Und wenn ja, würde sie dann trotzdem gehen und mich verlassen?

Ich spürte einen Arm auf der Schulter. Mark war unkompliziert in dieser Hinsicht, und ich schüttelte ihn ab. Ich ging in die Küche, ein Raum, der jetzt sauberer war als in der ganzen Zeit, da wir hier gelebt hatten. Ich drehte ohne ersichtlichen Grund den Wasserhahn auf und wieder zu. Vor dem Fenster war eine Krähe auf dem schmalen rostenden Balkon gelandet.

»Eine Krähe«, sagte ich. »Krähen, sind das nicht schlechte Vorzeichen?«

»Nein«, sagte Mark und seufzte. »Du meinst Raben, Joe. Oder vielleicht Elstern. Jedenfalls keine Krähen. Bestimmt nicht. So, jetzt komm, es wird Zeit.«

Ich ging in den Raum, der unser Schlafzimmer gewesen war. Dort war es dunkel und roch leicht muffig; er wurde nicht mehr von Andreas Parfüm oder diesen Raumdeodoranten beduftet, die sie immer gekauft hatte. Ich schaute hinunter auf die Straße. Der alte Kerl vom Eckladen unterhielt sich mit einer Frau, die eine Topfpflanze in der Hand hielt. Ein Kind auf einem Fahrrad sauste vorbei, und ein alter Mann in Anzug und Krawatte blieb stehen, um sich einen Schnürsenkel zu binden. Ein Jugendlicher in Sportklamotten redete laut in sein Handy, an seiner Seite ein brutaler Kampfhund. Andrea sagte früher oft, sie würde diesen Stadtteil lieben, weil er aggressiv und angenehm zugleich sei; angenehm und aggressiv, genau wie sie.

Ich setzte mich aufs Bett und dachte an den Tag, als wir eingezogen waren; an jene ersten Augenblicke. Hier in diesem Raum hatte ich mich bitterlich über Andreas zahlreiche Besitztümer beklagt. »Du brauchst doch«, hatte ich gesagt, die Hände voller Kissen, »mit Sicherheit nicht so viele.« Sie hatte nicht geantwortet, sondern stattdessen begonnen, einen großen Karton auszupacken, auf den mit Edding »Hüte« geschrieben stand.

»Was ist denn so komisch?«, sagte Mark.

Ich schaute zu Boden und dann zum Fenster.

»Manchmal nichts«, sagte ich. »Manchmal alles.«

***

Es schüttete wie aus Eimern, als Mark den Umzugswagen durch die Stadt steuerte. Es war kaum möglich, wenige Meter weit zu sehen, und kurz stellte ich mir vor, dass wir schlitternd von der Straße abkamen, eine Böschung hinunterrutschten und qualvoll starben, während die ordentlich gestapelten Kisten mit unserem Besitz durchbohrt und aufgeschlitzt wurden. Mark beugte sich auf dem Fahrersitz vor, die Fenster waren beschlagen, er hatte seine Augen auf die Rückleuchten der Wagen vor uns gerichtet. An einer Kreuzung soff der Motor ab, und Mark versuchte verzweifelt, wieder einen Gang einzulegen. Eine Frau ging über den Bürgersteig, sie war so durchnässt, dass es sinnlos für sie war, sich irgendwo unterzustellen. Der eiskalte Regen trommelte auf das Führerhaus. Ich starrte auf den Stadtplan und hoffte, dass unser neues Haus nicht hier in der Nähe war.

Kurz darauf hielten wir vor einem Reihenhaus mit Kieselrauputz. Der Vorgarten bedeckt mit glitschigem Laub und Müll, drei Fenster mit vorgezogenen Gardinen, eine Eingangstür aus Aluminium. Das Haus strahlte eine grausame Durchschnittlichkeit aus, so als seien hinter seiner verhärmten Fassade Leichen vergraben oder als würden dort Kinderpornos gedreht. Ich überlegte, ob ich auf die Hupe drücken sollte, um Mark einen Schrecken einzujagen – er war leicht zu erschrecken –, ließ es dann aber sein.

***

Mein neues Zimmer ging auf die Straße. Die Wände waren in einer Art Burgunderton gestrichen, der Boden bestand aus dunklen, leicht geschwungenen Holzbohlen, so als stammten sie aus einer Galeone. Zwei riesige Schränke an der Westwand, viel zu groß für das Wenige, was ich an Kleidung mitbrachte, und unter einem Fenster stand ein alter zerkratzter Tisch mit einer Messingleuchte und einem aus einem Pub gestohlenen Aschenbecher. Ich hänge ein Bild an die leere Wand, ein Werbeplakat für Michelinreifen, das mich schon seit Jahren begleitete, und stellte den letzten unausgepackten Karton in den Kleiderschrank.

Zwei Wochen lang verließ ich nicht das Haus. Mark besorgte mir, was ich brauchte, und stellte nicht zu viele Fragen. Meistens arbeitete ich, Datenkolonnen quollen aus meinen Fingern, doch manchmal dachte ich auch nach. Viel Zeit verbrachte ich damit, ausländische Radiosender zu hören, Sender vom Land, Klassiksender, nur Programme, die mich nicht an sie erinnerten. Mein Lieblingssender spielte amerikanische Oldies; ich hörte ihn nicht wegen der Lieder als vielmehr wegen der Werbung: Angebote von Autohändlern, Tauschbörsen, das unergründliche Politisieren über die Paragraphen 7, 11 und 14.

Wenn Mark zu Hause und einsam war, setzte er sich mit einem Bier oder einem Glas Wein auf mein Bett und erzählte mir von seinem Tag. Ich nickte und brummte bestätigend, spielte Schiffe versenken oder fuhr fort, meine Daten einzugeben. Er wollte, dass ich offen darüber sprach, wie es mir ging; er hielt es nicht für gesund, dass ich die ganze Zeit im Haus blieb und mein Schlafzimmer mit Asche und Zigarettenrauch vernebelte. Ich stimmte ihm weder zu, noch widersprach ich ihm, und nach einer Weile gab er auf und ging nach unten, um Fernsehen zu gucken oder so. Er fragte mich immer, ob ich mitkommen wolle, und eines Abends überraschte ich mich selbst damit, dass ich seine Einladung annahm.

***

»Am schwersten ist es, damit klarzukommen, dass man allein ist. Findest du nicht?«

»Ich bin gern alleine«, sagte ich. »Das ist ein wichtiger Teil meines Ichs.«

»Manchmal gehe ich einfach die Straße entlang, und es überfällt mich. Und dann denke ich, wen es überhaupt noch kümmert, ob ich heute Abend nach Hause komme oder nicht? Wem fällt das überhaupt auf, hm? Wer ruft mich an? Und das ist schrecklich. Das ist echt schrecklich.« Mark trug eine kurze Hose und ein T-Shirt, weil die Heizung so hoch aufgedreht war. Seit dem Anstoß des Fußballspiels versuchte er schon, mich zum Reden zu bringen.

»Jede Menge Leute sind allein«, sagte ich. »Alleinsein ist bei den meisten Menschen die werksbedingte Voreinstellung. Dieses ganze Gerede, dass wir soziale Kreaturen sind, soziale Lebewesen, das ist doch einfach nur Blödsinn.«

Mark schüttelte den Kopf. »Du redest vielleicht mal einen Scheiß, Joe.«

Ich zündete mir eine Zigarette an und trank meinen Wein aus. »Und du hörst zu«, sagte ich. »Was bist du denn dann?«

Er ignorierte mich und wischte sich mit dem Handrücken über den Mund.

»Warst du diese Woche mal draußen?«

»Nee.«

»Ich weiß nicht, wie du das aushältst, jeden Tag so eingepfercht hier drinnen.«

»Das beruhigt mich.«

»Du bist wie ein Kind«, sagte er.

»Ja, das Kind, das du nie hattest, was?«

Mark stand auf und verließ das Zimmer. Ich hörte, wie seine Tür ins Schloss fiel und die Stereoanlage anging. Ich rauchte meine Zigarette zu Ende. Mein Mund fühlte sich an wie der Belag eines Billardtisches. Ich nahm meine Geldbörse vom Kaminsims und stellte den Fernseher aus. Neben der Haustür wühlte ich in den Jacken, fand einen Schlüsselbund und machte mich auf den Weg.

***

Die Nachtluft war erfüllt von einem Rauschen, und die Bäume entlang der Straße wurden von den Böen geschüttelt. In den Löchern auf der Straße stand das Wasser, und das schwache orangefarbene Licht einer Straßenlaterne schien auf einen mit Vogelkot verkrusteten Astra, auf dessen Windschutzscheibe eine Anweisung geklebt war, ihn umzuparken. Ich bog nach links, dann nach rechts ab und gelangte zur Hauptstraße. Ein Wagen flitzte vorbei, aus den Basskegeln der Boxen dröhnte ein gigantischer Beat. Eine Gruppe Raucher hing vor dem kurdischen Sozialverein herum, ihre Zigaretten ragten wie schlanke Finger in ihre Schnurrbärte.

Ich folgte der Straße, vorbei an einem Brathähnchenstand, einem Kebab-Imbiss und noch einem Hähnchenladen, bis ich zu einem Spirituosenhändler kam. Der Angestellte sprach hastig in sein Handy, vor sich eine geöffnete Flasche Supermalt. Ich lief durch die Gänge und fragte mich, mit welchem Geschenk ich Mark beschwichtigen könnte. Mitten zwischen den billigen Rotweinen sah ich eine Flasche Chianti in ausgefallenem Sackleinen, für die ich mich entschied.

»Der ist gut, der Wein«, sagte der Mann, als ich sie ihm reichte. »Sieht auch schön aus.«

Ich gab ihm einen Zwanziger und nickte.

»Danke«, sagte er und reichte mir das Wechselgeld. »Auf Wiedersehen.«

Als ich die Münzen nahm, hatte ich das Gefühl, etwas geschafft zu haben. Der Kassierer war die ganze Zeit freundlich gewesen, mehr als freundlich sogar, regelrecht warmherzig. Ein Pärchen kam Arm in Arm auf mich zu, und ich merkte, dass der Mann mir im Vorübergehen fast unmerklich zunickte. Ein Bus fuhr vorbei, dann ein Streifenwagen. Aus irgendeinem Grund vermittelte mir das Zuversicht.

***

Als ich wieder ins Haus kam, traf mich die Hitze wie ein Schlag mit dem Boxhandschuh. Ich ging nach oben und klopfte an Marks Tür. Er saß mit dem Telefon in der Hand in einem Sessel. Das machte er oft, sein Handy anstarren und überlegen, ob sie ihn je anrufen würde, und gleichzeitig zu große Angst haben, sich selbst zu melden. Mark schaute auf; ich merkte, dass er geweint hatte, und hoffte, dass es nicht wegen meines Spruchs vorher war.

»Friedensangebot«, sagte ich. »Ich bin sogar extra draußen gewesen. Ist ein Chianti.«

Mark stieß einen traurigen kleinen Seufzer aus und erhob sich. Er nahm die Flasche und stellte sie auf die Fensterbank.

»Wenn sie leer ist, kannst du eine Kerze reinstecken«, sagte ich.

»Danke«, sagte Mark. »Werd ich dran denken.«

»Freunde?«, sagte ich.

Er nickte und beförderte mich aus seinem Zimmer. Ich hörte, wie er andere Musik auflegte, die weiche Stimme eines sanften Mannes. Ich ging zu meinem Zimmer, rauchte ein paar Zigaretten und überlegte, was ich am nächsten Tag tun würde.

* * *

Ich erwachte früh und ging duschen, stellte eine Waschmaschine an und verschaffte mir einen Überblick, was ich in den Schränken hatte. Ich machte eine Einkaufsliste mit Dingen, die ich brauchte, und suchte dann im Internet die Adresse des nächsten Supermarkts. Offenbar befand sich einer in dem Einkaufszentrum in einer halben Meile Entfernung. Ich ging zu Fuß, das riesige Asda-Schild ein grünes Orientierungszeichen in der Ferne. Als ich näher kam, sah es aus, als würde es schweben, losgelöst. Ich blieb am Rande des Parkplatzes stehen und wünschte mir, einen Fotoapparat dabei zu haben; es war die Art von Foto, die ich gerne betrachtete. Ich legte meine Finger zusammen wie zu einem Rahmen. Das Bild war wunderschön.

Vor einer Reihe zugenagelter Geschäfte schwindelte ein Mann mit einem Hütchenspiel auf einem klappbaren Campingtisch einem Publikum aus muskelbepackten Polen das

Geld ab, das eigentlich für die Heimat bestimmt war, und sie schienen ihm die Münzen nur zu gerne zu überlassen. Etwas weiter waren noch mehr Händler, die Raubkopien von DVDs, spanische Rasierklingen, gefälschte Unterwäsche und zweifelhafte Duracell-Batterien verkauften. Als ich endlich den Eingang des Asda erreichte, hatte ich siebzehn verschiedene Möglichkeiten in den Wind geschlagen, anrüchige Waren jeglicher Art zu erstehen.

In dem riesigen Supermarkt hielt ich länger die Crème Caramel aus dem Kühlregal in den Händen, die Andreas Lieblingsspeise gewesen war. Immer hatten wir welche im Kühlschrank gehabt, nur für den Fall. Eine Weile hielt ich sie so in der Hand, die kalte Luft aus der Kühltruhe machte meinen Arm taub, bis ich die Packung schließlich zurückstellte. Ich mochte keine Crème Caramel.

Mit meinem halb gefüllten Einkaufswagen stieß ich mit jemand anderem zusammen. Der Mann sah mich verständnisvoll an und entschuldigte sich.

»Oh, nein!«, sagte ich. »Das war mein Fehler. Ich habe einfach nicht aufgepasst, wo ich hingehe.«

Er hatte einen Bart, Schläfenlocken und sanfte Gesichtszüge. Es war der erste Chassid, den ich je in natura sah, und ich war glücklich, aus dem Haus gegangen zu sein und neue Menschen kennenzulernen. Mit einem Nicken steuerte ich auf die Kassen zu.

Keine der Schlangen war besonders lang, aber ich war ein wenig unsicher, an welcher ich mich anstellen sollte. Schließlich entschied ich mich für Kasse fünf, die von einem blonden Mann bedient wurde. Er hatte Schuppenflechte an der linken Hand und kratzte daran, wenn er gerade keinen Artikel scannte. Als ich an der Reihe war, sah er von der Kasse auf. »Möchten Sie Hilfe beim Packen?«, fragte er in einem Ton, der suggerierte, er würde das Geschäft auf der Stelle verlassen, wenn ich Ja sagte.

Sein Namensschild wies ihn als Eamon aus, und ich konnte mir einfach nicht vorstellen, wie er ans Einpacken und

Scannen geraten war, wo er der Welt doch deutlich mehr zu bieten hatte. In dem Moment hätte ich alles getan, um ihm zu helfen. Alles Erdenkliche. Ich stellte mir vor, dass er abends in einem dieser Bauarbeiter-Schuppen saß und seine Abendmahlzeit aß, eine Zeitung aufgeschlagen vor sich, einen Shepherd's Pie mit drei Sorten Gemüse kaute, und wurde fast überwältigt von Traurigkeit. Dieser Mann – so alt wie ich? Jünger? –, der nur das Piepsen der durchgezogenen Waren im Ohr hatte, ein ständiges Piepsen, wie ein EKG, das seine verbleibenden Herzschläge zählte.

Mit einem Lächeln reichte Eamon mir meinen Kassenbon. Er wünschte mir einen guten Tag, ich wünschte ihm dasselbe. Ich meinte es ehrlich.

* * *

Ich ging in die andere Richtung durch das Einkaufszentrum und kam an noch zwei fliegenden Händlern vorbei. Doch nichts führte mich in Versuchung, bis ich zwei Frauen zwischen Currys und Sports Direct stehen sah. Sie boten Päckchen mit Tabak, Marlboro Lights, Benson & Hedges und Silk Cut feil.

»Wie viel kosten die Marlboros?«, fragte ich. Die blonde Frau nannte den Preis in einem tief osteuropäischen Akzent; gut die Hälfte unter dem, was ich im Supermarkt bezahlt hatte. Ihre Augen waren grau, und ihre Wangenknochen ließen sie wie eins dieser leeren, eiskühlen Models erscheinen, die so offensichtlich keinen Spaß am Leben haben. Doch als sie lächelte, sah diese Frau aus, als hätte sie persönlich das Konzept des Glücks erfunden.

»Wie viele möchten Sie?«

»Eine Stange«, sagte ich, und ihre großen grauen Augen wurden noch größer. Sie ließ ihren Rucksack von der Schulter gleiten und holte die Zigaretten heraus. Der Gesundheitshinweis darauf war in Kyrillisch. Ich dankte ihr und fragte, ob sie oft hier sei. Sie sah mich leicht belustigt an.

»Bist du Bulle?«

»Sehe ich wie ein Bulle aus?«

»Nein. Du siehst aus wie ... na ja, wie Skateboarder.«

»Bist du denn immer hier?«, fragte ich. Sie nickte.

»Gut«, sagte ich. »Von jetzt an werde ich die Zigaretten nur bei dir kaufen. Ich heiße übrigens Joe.«

»Coco«, sagte sie. »Alle nennen mich Coco.«

»Wie der Clown?«, fragte ich.

»Nein, wie Chanel«, sagte sie.

***

Es war der Beginn einer neuen Gewohnheit. Jeden Donnerstag ging ich an den Händlern und DVD-Verkäufern vorbei, um meinen wöchentlichen Einkauf zu erledigen. Ich stellte mich an der Kasse an, und Eamon warf mir ein schwaches Lächeln des Erkennens zu, ich wünschte ihm einen guten Tag und meinte es auch so. Dann ging ich weiter zu Coco und tauschte ein paar Sätze mit ihr und ihrer schweigenden Begleiterin aus. Sie reichte mir meine Stange Marlboro und sagte: »Bis bald.« Das Beste an der Woche war immer ihr Lächeln, das sie mir zum Abschied schenkte. Es ließ meine Wangen auf dem gesamten Heimweg glühen.

Nach den anfänglichen Spannungen wurde das Zusammenleben mit Mark deutlich einfacher. Wir verfielen in eine vertraute, tröstliche Routine. Ich kochte abends unter der Woche, Mark am Wochenende. Wir wechselten uns mit dem Abwasch ab, er zahlte alle Programme im Fernsehen. Manchmal spielten wir Schach, manchmal gingen wir in den Pub oder trafen uns mit Freunden in der Stadt. Es war die richtige, korrekte Entscheidung, und ich spürte, dass sich etwas änderte, dass ein Schiff sich wieder ausgerichtet hatte. Ich dachte immer noch an Andrea, aber der Schmerz war nicht mehr so heftig wie zuvor.

***

Als ich das fünfte Mal Zigaretten bei Coco kaufte, war es bitterkalt; sie trug eine Wollmütze, und ihre Nase war rot vor Kälte. Als ich weiterging, stellte ich mir vor, dass sie bis auf die Knochen fror, und holte ihr einen großen Kaffee von Subway. Sie bedankte sich sehr vorsichtig, dann schenkte sie mir ihr Lächeln. Sie nahm den Pappbecher entgegen, und kurz streiften sich unsere Hände. Wie betäubt ging ich nach Hause, entzückt über das Knistern zwischen unseren Fingern.

Im Laufe der Wochen änderte sich meine Laune, und ich wurde zu Hause aufgeweckter, gesprächiger. Von Coco erzählte ich aber nie; weder Mark noch sonst jemandem. Mark hätte es eh nicht verstanden. Er hatte mir bereits einen gesalzenen Vortrag über die moralische Fragwürdigkeit des illegalen Zigarettenkaufs gehalten. Ich hatte ihm nur geantwortet, dass an dem Preis nichts Fragwürdiges sei. Mark hatte den Kopf geschüttelt und nicht mehr davon gesprochen – abgesehen von dem einen oder anderen gebrummten Kommentar.

Coco und ich begannen, unsere Geschäftsabwicklung in die Länge zu ziehen, Goldklümpchen persönlicher Informationen auszutauschen. Sie wohnte ungefähr anderthalb Meilen weiter in einem Haus, das sie mit neun weiteren Frauen teilte. Das fand ich in der sechsten Woche heraus. Dass sie zwei Schwestern zu Hause in der Ukraine hatte, in der siebten. In der neunten erzählte sie mir, dass sie westliche Musik nicht besonders gern mochte, aber nichts gegen Coldplay hätte. In Woche elf schenkte ich ihr eine CD mit Musik, die mir gefiel, und erklärte, dass nicht sämtliche westliche Musik Coldplay sei.

In der zwölften Woche sagte sie mir, einige der Lieder würden ihr gefallen, andere seien zu laut. In der fünfzehnten Woche erzählte sie, dass sie Probleme mit dem Schlafen hätte, weil ihre Zimmergenossin – Lenka, die Frau, die immer neben ihr stand –, wie ein Güterzug schnarchen würde. Außerdem verriet Coco mir, sie hätte vor kurzem wieder angefangen zu rauchen und würde sich darüber ärgern.

In Woche neunzehn erzählte ich ihr von Andrea, und sie sagte, es tue ihr leid für mich. Ihr Mann sei vor sehr langer Zeit verschwunden, sie habe schon fast vergessen, wie er aussähe. In der einundzwanzigsten Woche sagte ich ihr, ich würde unser Heim insgeheim das »Haus der verlassenen Männer« nennen, worüber sie lachte und meinte, so ein Haus könne sie sich nicht vorstellen. In Woche vierundzwanzig war sie erkältet, so dass ich ihr eine Suppe kaufte und sie nach Hause schickte. Sie meinte, ich wäre nett.

In der fünfundzwanzigsten Woche erzählte ich ihr, ich hätte ein tolles neues Café entdeckt. Es hätte erst vor kurzem eröffnet, und dort gäbe es die beste Pastasoße, die ich je probiert hätte – ihre Leibspeisen hatte sie mir, zusammen mit ihren Abneigungen (Gurken, Blumenkohl) in der siebzehnten Woche verraten. Sie meinte, das Café klänge nett, aber ich konnte mich nicht so recht überwinden, sie zu fragen, ob sie mich begleiten wolle. In Woche siebenundzwanzig lud ich sie fast ein, aber erzählte ihr dann, dass wir eine Maus in der Küche hätten. Coco meinte, wenn sie eine Maus in ihrem Haus hätten, würde sie wahrscheinlich in den Mund der schnarchenden Lenka fallen.

***

In der dreißigsten Woche verabschiedete ich mich von Eamon und wünschte ihm einen guten Tag, aber meinte es nicht ganz so ehrlich wie sonst. Die Sache zwischen Coco und mir war ein bisschen verworren geworden. Ich wollte, dass es zwischen uns keine Handelsgeschäfte mehr gab, keine moralischen Fragwürdigkeiten. Ich wollte, dass es nur noch uns zwei gab, verloren und einsam, die sich einen Kaffee oder etwas zu essen teilten. Doch jedes Mal, wenn ich kurz davor war, sie zu fragen, musste ich an Andrea denken, an ihr kaltes, gleichgültiges Gesicht, wie die Steine, die das Meer bei Flut anschwemmt.

»Heiliger Herr Jesus, Joe«, hatte sie gesagt. »Ich halte das nicht mehr aus. Keinen einzigen Tag mehr. Ich gehe, und zwar jetzt, sonst bringe ich dich noch um.«

Zwei weitere Wochen vergingen, doch die Salto rückwärts springende Andrea wollte mich nicht verlassen. Ich dachte, ich hätte mich geändert, aber woher soll man das genau wissen? Dann entdeckte ich die neue Platte von Coldplay im Supermarkt und wusste auf einmal genau, was ich zu tun hatte. Ich bezahlte sie bei Eamon zusammen mit meinen übrigen Einkäufen und war zuversichtlich, dass der Moment gekommen war. Ich ging an dem Mann vorbei, der imitierte Kosmetik verkaufte, und an einem alten Obdachlosen, der die Münzen in seinen zur Schale geformten Händen klingeln ließ. Ich hatte das Gefühl, als trieben sie mich von der Seitenlinie aus nach vorn.

Zwischen Currys und Sports Direct war wie immer Lenka, aber an Stelle von Coco stand neben ihr eine dunkelhaarige Frau mit traurigen ovalen Augen. Lenka sah beiseite, die andere Frau schaute mich an.

»Zigarette?«

»Wo ist Coco?«, fragte ich.

»Zigarette?«

Ich wandte mich an Lenka.

»Lenka, wo ist Coco?«

Lenka senkte den Blick.

»Wer ist Coco? Du willst Zigarette? Guter Preis.«

»Nein, keine Zigaretten!« Wieder sprach ich Lenka an. »Wo ist sie? Ich habe etwas für sie mitgebracht.«

Lenka beugte sich zu mir vor; sie roch nach Nelkenöl.

»Geh weg, hier ist keine Coco. Keine Coco hier, verstanden?«

»Ich habe diese CD für sie«, sagte ich. »Sie mag die Band. Es ist Coldplay, guck mal.«

Lenka schaute auf die CD in meiner Hand und wollte etwas sagen, als sich hinter ihr plötzlich ein Mann aufbaute. Er war breit und bärenartig und sagte etwas auf Ukrainisch zu ihr. Sie griff in ihre Tasche und reichte ihm zwei Schachteln

Camel. Als er an mir vorbeiging, schubste er mich, und meine Einkäufe verteilten sich auf dem Bürgersteig.

Eine Flasche Orangensaft landete neben Lenkas Füßen. Sie hob sie auf und legte sie mir in die Hand.

»Sie mochte dich«, sagte Lenka, hastig und flüsternd. Dann wandte sie mir den Rücken zu und redete in ihrer Muttersprache mit der neuen Frau, eine Frau, die nicht Coco war. Ich schaute hinauf zum Asda-Schild; es sah aus, als würde es davonschweben.

Ich stand da und hatte nicht die geringste Vorstellung, was ich tun sollte. In der Ferne erscholl das unverwechselbare Heulen von Sirenen. Lenka sah die andere Frau an, bückte sich und hob ihren Rucksack auf. Wortlos eilten sie auf den Ausgang zu.

Die letzte Zigarette

Er sitzt auf dem Balkon des Hotels *Raised Star* in Reno, frisch verheiratet, wird bald sterben und will seine letzte Zigarette rauchen. Er weiß, dass es seine letzte ist, und er hofft, dass der Husten sie ihm nicht verdirbt. Die Sonne geht über den Casinos und Hotels auf, und er trägt seine dunkle Sonnenbrille; die Pilotenbrille, die er immer zum Angeln aufsetzt. Er könnte etwas trinken, wenn er wollte, aber er will nicht. Er könnte sich ohne weiteres aus dem Zimmer runter an die Bar schleichen, doch das würde der Frau wehtun, die er liebt, und so was macht er jetzt nicht mehr. Es ist schon fast ein Witz geworden, diese Geschichten vom guten Raymond, aber sie stimmen. Wenn Leute sagen, sie können glücklich sterben, versteht er es fast. Er lächelt und klopft seine letzte Zigarette gegen das Päckchen. Niemand möchte mit einem dicken Kopf sterben.

Vor ihm auf dem Tisch dampft eine Tasse Kaffee, und er fragt sich kurz, wie viele Zigaretten er in seinem Leben mit wie vielen Tassen Kaffee vermählt hat. Die Vermählung von Zigaretten und Kaffee. Ich hätte eine Geschichte mit diesem Titel schreiben sollen, überlegt er und merkt dann, dass er zum ersten Mal seit der Landung in Reno an die Arbeit gedacht hat. Er beobachtet die anderen nicht mehr, nicht sich selbst, auch nicht seine neue Gattin. Er verwandelt nichts mehr in etwas anderes. Es ist ein bisschen wie im Alkoholrausch, denkt er: Es verleiht dem eigenen Standpunkt eine gewisse erhöhte Klarheit.

Er und Tess hatten vor zwei Tagen in der Hochzeitskapelle Heart of Reno geheiratet, und er war noch nervöser als beim ersten Mal gewesen, damals mit zwanzig. Fast hätte er mit Tess gescherzt, was für ein Glück es für ihn wäre, wenn er auf dem Weg zum Altar tot umfiele. Doch glücklicherweise hatte er den Mund gehalten. Seit ihrer Ankunft haben sie nicht über den Krebs gesprochen – schließlich sind sie in Reno, da redet niemand über Krebs –, und er stellt sich gerne vor, dass er die Krankheit zu Hause zurückgelassen hat wie einen anstrengenden Jugendlichen.

Er führt die Zigarette an die Lippen. Sie fühlt sich gut an im Mund, fest und richtig. Es ist eine Chesterfield. Als er im Laden war und seine letzte Schachtel Zigaretten kaufte, musste er sich für eine Marke entscheiden. Eine Entscheidung, die zu wichtig war, um sie dem Zufall oder der Gewohnheit zu überlassen.

Die erste Sorte, die er rauchte, waren Wings. Das waren die billigen Dinger von seinem Vater. Er kann sich an die Erste erinnern, die er ihm klaute. Neun Jahre war er da alt gewesen, und die Party, die seine Eltern gegeben hatten, war gerade zu Ende. Er zog eine Zigarette aus der Packung, zündete sie an, und ihm gefiel sofort der Geschmack des Rauchs auf der Zunge. Man weiß gleich, ob man ein Raucher ist. Ein richtiger Raucher. Sein bester Freund Harvey fühlte sich mit einer Zigarette immer unwohl: so als säße sie irgendwie nicht richtig. Aber Ray sah immer gut aus beim Rauchen. Das weiß er.

Als er alt genug war, um sich selbst welche zu kaufen, waren Lucky Strikes seine Marke. Ihm gefiel die Packung und der Slogan unter dem Namen (»*It's Toasted*«). Sie waren filterlos und herb, aber weicher als die Wings, und mit ihnen fühlte er sich älter. So wie jeder in Yakima alles gebrauchen konnte, um sich älter zu fühlen. Seinen ersten Rauchring blies er mit einer Lucky. Er rauchte eine Lucky, nachdem er das erste Mal gebumst hatte. Er hatte Luckys in der Brusttasche, als er erfuhr, dass er Vater werden würde, ein Jahr, bevor er aus den Teenagerjahren heraus war.

Als er nach Paradise in Kalifornien zog, rauchte er eine Zeitlang Kools. Aber mit denen schmeckte sein Mund immer zu sehr nach frühem Morgen. Er wechselte zu Kents und entschied sich dann für Marlboros. Doch seine letzte Schachtel, und zwar diese letzte Zigarette aus dieser letzten Schachtel,

ist eine Chesterfield. Es ist eine Chesterfield, weil Chester-
fields ihn an den ersten Tag erinnern, als er genau wusste,
dass er mit dem Saufen aufhören musste. Er unterhielt sich
mit Tess, rauchte eine Chesterfield und wusste plötzlich,
dass es von nun an besser werden würde: dass es endlich
besser *war*.

Er hustet ein wenig und spürt einen Klumpen im Mund. Er
hat Angst, dass es ein Teil seiner Lunge ist. Das Blut, das er
seit Monaten aushustet, macht ihm Angst, auch wenn es
jetzt nichts mehr zu fürchten gibt. Er steht auf, legt die
Zigarette auf den kleinen Kartentisch und beugt sich über
den Balkon. Es ist niemand zu sehen, keiner auf der Straße.
Langsam lässt er den Speichel aus dem Mund rinnen, so wie
damals auf der Barrelhead-Brücke, er sieht ihn schwingen
wie eine Angelschnur. Ein bisschen Spucke bleibt in den
Bartstoppeln an seinem Kinn hängen. Er wischt sie mit dem
Handrücken ab und grinst breit und dämlich, so dass er das
Gefühl hat, wieder der dicke kleine Junge zu sein, der sich
auf der Barrelhead-Brücke rumtreibt.

Ray setzt sich in den Motelstuhl und greift zu seiner Zigarette. Er riecht an ihr, nimmt das Feuerzeug aus der Brusttasche seines Hemds. Es ist ein billiges Bic aus Plastik. Im
Laufe seines Lebens hat er eine Menge Feuerzeuge verloren:
zahllose Plastikteile, Zippos aus Kupfer, einmal sogar ein
graviertes von Ronson. Aber irgendwie scheint es zu passen,
dass er ein blaues Bic zum Entzünden seiner letzten Zigarette benutzt, an dessen Kauf er sich nicht mal erinnern
kann. Er dreht am Rädchen, und nichts passiert. Er versucht es erneut, immer noch nichts. Er lacht und probiert es
noch mal, zum Spaß. Das Ding ist Schrott. Nicht in der
Lage, das eine zu tun, was von ihm erwartet wird. Er legt die
Zigarette wieder ab. Im Schlafzimmer steckt ein Streich-
holzbriefchen im Aschenbecher. Er steht auf und holt es.

Der Raum ist kühl und durch die Gläser seiner Sonnenbrille
fast pechschwarz. Tess schläft tief und fest. Er lässt die
Streichhölzer in der Hand verschwinden und betrachtet

Tess beim Schlafen. Er hofft, dass sie angenehme Träume hat; dass sie jetzt Baccarat-Tische und drei identische Symbole nebeneinander vor sich sieht. Auf der Kommode liegen 627 Dollar in unterschiedlichen Scheinen. Tess kann einfach nicht aufhören, in Reno zu gewinnen. Sie hat eine Glückssträhne, die nicht abreißen will, anders Ray, der nie die passende Karte bekommt. Er betrachtet das Geld und fragt sich, ob er schon jemals so viel einfach nur sinnlos hat herumliegen sehen. Er denkt, wie sehr er das Geld vor Jahren hätte brauchen können. Wie sehr er dieses Glück hätte brauchen können.

Draußen blickt er wieder auf Reno. Er muss an diese alte Platte von Johnny Cash denken. Zum ersten Mal hörte er sie in den späten Sechzigern. Im Nachbargarten war ein langhaariges Mädchen in einem Bikini, das ein Transistorradio laufen ließ. Es war kalifornisch heiß, und er trank ein Bier. Als er die berühmte Zeile über die Schüsse auf einen Mann in Reno hörte, musste er schnell sein Glas leeren und zurück ins Haus, um zu schreiben. Er wurde vom Klang der jubelnden Gefangenen getrieben, als Johnny sang: »Just to watch him die«; aber es war mitten am Nachmittag, und er hatte zu viel getrunken. Das Gedicht, das er geschrieben hatte, war wertlos, er musste es wegwerfen.

Ray steckt die Zigarette zwischen die Lippen. Seine letzte Zigarette. Er entzündet das Streichholz und hält es in den hohlen Händen, bis die Zigarette brennt. Er zieht den Rauch ein und füllt damit seine Lunge.

***

Die Fluppe fiel herunter und schaffte es irgendwie durch Dads Morgenmantel bis hinein in seine Pyjamahose. Er wand sich in seinem Rollstuhl, versuchte, heftig um sich schlagend, sie da rauszuholen. Ich zögerte, fragte mich, ob ich ihm helfen sollte. Schließlich hatte ich ein Einsehen, holte die Zigarette heraus und steckte sie ihm wieder zwischen die Finger. Der Geruch seiner Klamotten und seiner Haut war penetrant, wie schlechter Atem. Ich hoffte, der kräftige Gestank würde den Tabakgeruch übertünchen und mir die vorwurfsvollen Blicke der Krankenschwestern und Ärzte ersparen, wenn ich meinen Vater zurück auf die Station schob.

Das Personal war freundlich mit meinem Vater umgegangen, in Anbetracht der Umstände, und wahrscheinlich war er den Leuten hier ständig mit seiner Bitte auf die Nerven gegangen, bevor er mich fragte. Aber ihr Berufsethos hätte es sowieso verboten, einen Mann über das Krankenhausgelände zu schieben, nur damit er eine qualmen kann. Und selbst ein überzeugter Raucher hätte gemerkt, wie fragwürdig es gewesen wäre, einem Sterbenden diesen letzten Wunsch zu erfüllen. Ich bin immer schon eher ein Umfaller gewesen.

Wir standen, beleuchtet von schwachgelben Straßenlaternen, im Außenbereich des Krankenhauses. Rechts von uns standen zwei Krankenschwestern in ihren Uniformen, die rauchten und mit feierlicher Stimme über eine Tanznummer sprachen, die sie am Vorabend in einer Talentshow im Fernsehen gesehen hatten. Als sie uns irgendwann entdeckten, drückten sie schnell ihre Zigaretten aus und machten sich eilig auf den Weg zurück zum Hauptgebäude. »Meine Damen«, sagte mein Vater, als sie an uns vorbeigingen, nickte ihnen zu und erhob sich halb von seinem Rollstuhl, so als hätten die beiden gerade den Kapitänstisch auf einem Kreuzfahrtschiff verlassen.

»Auch wenn ich sterbe, ich hab's immer noch drauf«, sagte er. »Siehst du den Arsch von der da?« – er wies auf den wackelnden Hintern der einen Schwester – »Danach hätte ich dich fragen sollen. Das wäre mal eine letzte Bitte gewesen!«

Er sprach vom Sterben genau so, wie er früher gesagt hatte, er sei betrunken oder hässlich; nicht so recht überzeugt, dass es wirklich so war. Im Mundwinkel sammelte sich Speichel, den er mit der Hand wegwischte. Das war eine Geste, die mein Großvater auch immer gemacht hatte: Speichel aus dem Mundwinkel rinnen lassen und mit einem Taschentuch wegwischen. Früher schaute ich meine Schwester an und würgte, wenn ich es sah; die falschen Zähne, über die wir uns als Kinder so lustig gemacht hatten, eklige Utensilien, die schief im Mund saßen und Sabber über sein Kinn laufen ließen. Dad verhöhnte seinen Vater, seine Angewohnheiten und sein Aussehen. Ich fragte mich, ob er sich daran noch erinnerte und ob es ihm jetzt leid tat.

Dad hatte jedoch kein bisschen Ähnlichkeit mit Großvater, damals nicht und auch sonst nie. Dad war immer dünn und sehnig: ein richtiges Klappergerüst von Mann, und er war noch abgemagerter geworden, seitdem die Krankheit sich in seinem Körper breitgemacht hatte. Unter den gelben Laternen sah er sogar noch kränker aus, dem Tode nahe, nur sein schelmisches Lächeln deutete an, dass er etwas wusste, von dem selbst die Ärzte nichts ahnten. Ich hatte das blaue Bic-Feuerzeug, das ich im Zeitschriftenladen gekauft hatte, in meiner Tasche – er benutzte keine Streichhölzer, weil er davon angeblich Kopfschmerzen bekam –, und dachte, dass es die Menschen nicht wörtlich meinen, wenn sie sagten, sie lachten dem Tod ins Gesicht; mein Vater jedoch tat es.

»Die wird sich nicht von selbst anzünden, du Waschlappen«, sagte er. »Na los, komm her. Zack, zack.«

Ich reichte ihm das Feuerzeug, und er versuchte, das Rädchen zu drehen. Seine Hände zitterten, die Haut lose über den Knochen. Es waren die Hände eines alten Mannes. Hätte jemand behauptet, er sei siebzig, hätte niemand widersprochen: Der Verfall war sogar noch schneller als die Diagnose. Am Anfang seiner Behandlung überredete ich Mutter, ihn nochmals zu besuchen, doch schon als sie meinen Vater nur aus der Ferne sah, packte sie meinen Arm, entschuldigte sich und machte auf dem Absatz kehrt. Als ich später bei ihr vorbeiging, bei ihr und Tom, saß sie auf dem großen Kunstledersofa und betrachtete alte Fotos von sich und ihm, Bilder von uns als Kindern.

»Aber selbst das kann meinen Hass auf ihn nicht mindern«,

sagte sie, als sie Tee anbot, aber Gin einschenkte. »Glaub das bloß nicht! Ich bin in meinem Leben so einiges gewesen, mein Schatz, aber ich war noch nie ein Heuchler und fange auch jetzt nicht damit an. Nicht für dich und ganz bestimmt nicht für ihn.«

Wir betranken uns langsam. Ich weinte und sie weinte, machte dabei aber klar, dass es Tränen um meinetwillen seien. »Weißt du noch«, sagte sie, als wir aufgetautes Chili aßen und Rotwein tranken, »als du so ungefähr sieben warst und fandest, du und Elsie, ihr bräuchtet einen neuen Papa? Du sagtest zu mir, deine Freunde hätten neue Papas, du wolltest auch einen. Kannst du dich daran erinnern?«

»Ich hab damals an Mr Stevens gedacht«, sagte ich. »Er hatte einen Billardtisch und einen Sportwagen.«

»Der hat hinterher diese Skellern geheiratet. Josie von Jims Arbeit kennt sie ein bisschen, sie kam mit ihr ins Gespräch. Er hat jetzt wohl eine Glatze wie Yul Brynner.«

»Hat er immer noch den Billardtisch?«, fragte ich.

Sie lächelte. »Ich sorg dafür, dass Josie beim nächsten Mal danach fragt.«

Dad sprach nie von Mum, und ich erzählte ihm nicht, wie nah sie daran gewesen war, ihn zu besuchen. Er hatte nichts groß an Besuch erwartet, zum Glück. Elsie hatte sich seit über zehn Jahren nicht gemeldet und weigerte sich, wie Mum, ein Heuchler zu sein. Ich ging ins *North Star*, um seine Saufkumpanen zusammenzutrommeln. Alle versprachen, später zu kommen, an einem anderen Tag, aber bald, wirklich bald. Selbst als ich noch mal hinging und sagte, dass es nicht mehr lange dauern würde, dass es jetzt so weit wäre, schauten sie nur zum dürren Tony hinter der Theke hinüber.

»Er war 'ne richtige Nervensäge, dein Ray«, sagte der dürre Tony. »Ich mein, sicher, er würde dir seine letzte Fluppe und den letzten Cent geben, aber trotzdem war er 'ne Nervensäge. Aber wir werden einen auf ihn trinken. Einen auf Ray!«

Ich sah zu, wie die fünf mit Whisky auf ihn anstießen und

diesen Blick austauschten: *Hoffentlich bist du der Nächste, hoffentlich nicht ich.*

Mein Vater wusste von alldem nichts. Er blätterte durch die Zeitschriften, lachte über Prominente und Politiker. *Diese Amy Winehouse! Die sieht aus wie eine von den Typen, mit denen ich mal in Pentonville war, bloß hat sie mehr Tätowierungen und kleinere Titten.* Ich ließ ihn seine Witze reißen und fragte mich, warum nur ich hier war. Nur wir beide. Zwei Männer ohne jede Gemeinsamkeit, nicht mal Sport, nicht mal verfluchter Fußball. Es war das einzige Mal in meinem Leben, dass ich froh über seine Witze war. Wenigstens hielten sie das Gespräch in Gang.

Ich sah zu, wie er vergeblich das Rädchen vom Feuerzeug drehte, immer wieder. Er verstellte die Höhe der Flamme und versuchte es erneut. Beim vierten Mal geschah immer noch nichts. Er nahm die Zigarette aus dem Mund und hielt sie hoch, der Filter feucht vom Speichel. »Machst du das, Junge? Ich glaub, das hat eine Seniorensicherung.«

Ich nahm die klamme Zigarette, zündete sie an und reichte sie zurück. Er hielt sie zwischen Daumen und Zeigefinger – wie so 'n Kleinkrimineller, hatte Mum immer gesagt. Er führte die Zigarette an die Lippen. Die letzte Zigarette. Seine letzte, endgültig letzte Zigarette. Er sog den Rauch ein und füllte damit seine Lunge.

* * *

Ray trinkt seinen Kaffee und zieht ein zweites Mal an seiner Zigarette. Er versucht, nicht so schnell zu rauchen, obwohl er das sein Leben lang getan hat und ihn das wahrscheinlich umgebracht hat. Wie ganz langsamer Selbstmord, denkt er, der im Wettlauf mit der Flasche immer die Außenbahn nimmt. Ray bläst den Rauch aus, und ein Cadillac fährt vorbei, eiscremefarben, das Verdeck unten. Auf der Hinterbank drin sitzt Yul Brynner, zumindest sieht er von oben aus wie Yul Brynner. Der Typ hat einen Kopf wie ein Ei, drei Mädchen sitzen hinten mit ihm im Cadillac. Aber es kann nicht Yul Brynner sein, weil der vor vier Jahren starb, mit fünfundsechzig und ein paar Zerquetschten, fünfzehn Jahre mehr, als Ray erleben wird. Ray sieht dem Auto nach und hört die Mädchen kichern. Er wird nie wissen, wie es sich anfühlt, eine Glatze zu bekommen, und ob er die Haare am Hinterkopf dann abrasieren würde, damit es zum Rest passt. Er ist sich unschlüssig, was das betrifft.

Yul Brynner machte einen Werbespot, der erst nach seinem Tod ausgestrahlt werden durfte. Darin sagte er, wenn er aufgehört hätte zu rauchen, könnte er nicht über Krebs sprechen. Ray sieht das anders. Befriedigt stößt er einen langen Strahl Chesterfield-Rauch aus. Ohne Zigaretten hätte er nicht schreiben können, davon ist er überzeugt. Das Trinken hielt ihn vom Schreiben ab, aber die Zigaretten? Sie schärften seinen Verstand. Er weiß, dass das Ritual des Rauchens ihm oft aus einer eingefahrenen Spur geholfen hat, aus dem nächsten romanförmigen Loch.

Mit der glimmenden Zigarette in der Hand hustet er wieder, aber es ist nicht schlimm, diesmal nicht. Er genießt die Zigarette, sie fühlt sich leicht an unter dem rechten Daumennagel. Er schnippt dagegen, nur um sich zu vergewissern, dass sie noch da ist. Asche fällt zu Boden und wird ein wenig von einer Brise aufgewirbelt, die über den Balkon weht.

Das Problem ist, dass Ray diese Zigarette in einer Weise genießt, dass er sich bereits auf die nächste freut. Wenn er reich wäre, stellt er sich vor, würde er am liebsten nur ein Drittel jedes Glimmstängels rauchen und sich dann sofort den nächsten anstecken. Wenn er Tess früher kennengelernt hätte, wenn ihre Glückssträhne früher begonnen hätte, dann hätte er das vielleicht tun können. Vielleicht wäre ihm dann das hier erspart geblieben.

Man sollte sich nicht zu lange an einer Sache festhalten, aber wenn man etwas zum letzten Mal macht, ist das schwierig zu vermeiden. Er denkt an Maryann. Sechzehn, als sie das erste Kind bekam, siebzehn beim zweiten. Er kann kei-

nerlei Gemeinsamkeit zwischen diesem frischen achtzehn-
jährigen Wesen und Maryann und Ray erkennen, zwei Babys
auf den Knien, den Staub vom Sägewerk in seinem Haar,
der Geruch des Desinfektionsmittels auf seiner Haut. Und
als er darüber nachdenkt, fällt ihm auf, dass sie, selbst wenn
kein Geld da war, selbst wenn sie am Rande des Bankrotts
standen, immer Zigaretten hatten. Die waren immer da. Sie
waren ein verlässlicher Faktor, sie waren zuverlässig. Egal
wie schlimm der Tag, man konnte nach Hause kommen und
eine rauchen, und vielleicht bekam man dann das Gefühl,
dass die Welt doch nicht ganz so schlimm war.
Bei dem Gedanken schüttelt Ray den Kopf. Sein letztes
Buch ist abgeschlossen; es ist Lyrik, und er ist froh, es beendet zu haben. Er hat alles ordentlich hinterlassen: sauber.
Seine letzte Kurzgeschichte, »Der Botengang«, handelt vom
Tod eines Schriftstellers, und obwohl er stolz darauf ist,
macht er sich Gedanken, ob das Thema wohl ankommt.
Dass es zu melodramatisch wirken könnte. Er will nicht,
dass man sich auf diese Weise an ihn erinnert. Aber er weiß
auch nicht, wie man sich an ihn erinnern soll. Eigentlich
sollte niemand die Möglichkeit haben, darüber nachzu-
denken, überlegt er. Man sollte das tun, womit man anderen in Erinnerung bleiben will, statt sich den Kopf darüber
zu zerbrechen, was das wohl sein könnte. Selbst wenn es darum geht, ein richtiges Arschloch zu sein.

***

Der Rauch, den mein Vater ausstieß, war wie ein dünner Faden, wie Dampf aus seiner Lunge. Seine Hände zitterten mit
der Zigarette, und wir sahen beide dem samstagabendlichen
Verkehr zu: Busse, Motorräder, Sportwagen mit Spoilern.
Ich setzte mich auf eine Holzbank und zog die Ärmel über
die Finger. Es wurde kalt.
»Ich weiß das zu schätzen, ja?«, sagte er. »Dass du das hier
machst.«

»Ich hab dich nur rausgeschoben, mehr nicht«, sagte ich.

»Und ich weiß das zu schätzen. Einem Sterbenden seinen letzten Wunsch zu erfüllen. Hast du ...« Er hielt inne und rutschte auf dem Rollstuhl herum. Sein Gesicht war voller Erwartung, und ich hätte nichts lieber getan, als Nein zu sagen. Ich hätte es in der Eile des Aufbruchs vergessen; es sei Pech, aber er müsse ohne auskommen. Stattdessen reichte ich ihm den Flachmann.

»Guter Junge«, sagte er. Er klemmte die Zigarette in den Mundwinkel und schraubte den Verschluss mit zusammen-gekniffenen Augen auf. Die Asche der Zigarette glühte, wenn er daran sog; dann trank er einen langen Schluck aus der Flasche.

»Hab ich vergessen zu erzählen. Hab heute Morgen einen guten gehört.«

Es war ein langer Witz über Imker, den ich bereits kannte. Ich glaube sogar, dass er ihn mir einmal erzählt hatte, vielleicht an einem Nachmittag im *North Star*. Ich setzte mich wieder auf die Bank und versuchte, meinen Vater in Gedanken so zu bewahren: die letzte Zigarette, wahrscheinlich das letzte Mal, dass ich mit ihm allein war. Er sog mit hohlem Gaumen an der Fluppe und riss den Arm bei der Pointe empor. Ich lachte, es klang blechern in der Abendluft. Er trank noch einen Schluck Scotch und nickte.

»Weißt du noch, als wir mal fischen waren?«, sagte ich. »Kannst du dich daran erinnern?«

Er überlegte und zog den Morgenmantel etwas fester um sich.

»Äh, ja. Nur wir beide. Es pisste wie aus Eimern, und du warst am Heulen, weil es saukalt war. Um dich auf andere Gedanken zu bringen, aß ich die Köder« – er schlug sich auf die Schenkel und lachte –, »ich sehe dich noch genau vor mir, deine kleine Angel kaum im Wasser und du nur am Schreien, wolltest nur noch nach Hause.«

»Aber da waren nicht nur wir beide, oder?«, sagte ich. »Der dürre Tony war da. Und Stan. Ich durfte nur mit, weil Mum arbeiten musste und keinen finden konnte, der auf mich aufpasste.«

Er war verwirrt. »Wenn du das sagst«, sagte er. »Ich dachte, wir wären nur zu zweit gewesen. Weiß überhaupt nicht mehr, ob Tony oder Stan dabei waren.« Er schüttelte den Kopf und nahm einen langen Zug. Dann wandte er den Blick von mir ab, sah über die Straße auf die stillen Reihenhäuser. »Genau genommen, kann ich mich kaum an irgendwas aus der Zeit erinnern. Kommt mir ewig her vor. Wie ein anderes Leben.«

»Ich weiß noch, dass du mir mal ein Eis gekauft hast«, sagte ich. »Als Überraschung.«

»Ah, ja, das weiß ich auch noch«, sagte er, als wäre es wichtig. »Ein wunderschöner Tag. War am Schwitzen wie ein Kanake vor Gericht, echt. Hab jedem ein Eis gekauft. Deine Mutter war richtig baff, das kann ich dir sagen. Ich hatte mich erinnert, dass sie gerne diese Sorte mit dem Kaugummi unten drin mochte, weißt du. Sie fand es romantisch.«

»Nein«, sagte ich. »Nein, ein andermal. Als wir auf dem Alton Way wohnten.«

Es muss ungefähr in dem Jahr gewesen sein, bevor er abgehauen war. Mum war mit Elsie in die Stadt gefahren, weil sie was einkaufen mussten. Dad und ich waren allein und guckten Fernsehen. Draußen ertönte die Kindermelodie eines Eiswagens, und ich ging ans Fenster und beobachtete, wie er langsam die Straße entlangfuhr. Der Tag war nicht besonders heiß, aber heiß genug. Dad nahm sich die Zeitung und sagte, er würde einen abseilen gehen. Ich drehte mich vom Fenster weg und sah fern. Als ich hörte, wie die Tür aufging, sah ich mich um und dachte, es wären Mum und Elsie, doch es war Dad mit einem 99 Flake und Erdbeersoße in den Händen. »Er hat gefragt, ob ich ein 99 will«, sagte er. »Und ich hab gesagt, ich will verdammt noch mal einhundert.«

Als ich ihm die Geschichte erzählte, wurde er immer verwirrter.

»Wenn du das sagst, mein Sohn. Kann nicht behaupten, dass ich das noch wüsste.« Erneut sog er Rauch ein. »Ich mag eh keine Erdbeersoße.«

Er lachte und gab mir Zeichen, ihm nochmals den Flachmann zu reichen. Ich hoffte, er würde sich nicht besaufen. Wie würde das aussehen, mein sterbender Vater betrunken, nach Qualm und Alkohol stinkend, und dann versucht er, der Krankenschwester bei ihrer morgendlichen Runde in den Hintern zu kneifen? Er trank einen großen Schluck und gab mir die Flasche zurück. Ich sah zu Boden, auf die Räder des Rollstuhls. Im Profil war Dreck, die rote Farbe war abgeplatzt.

»Das Angeln fehlt mir«, sagte er schließlich.

***

Ray betrachtet seinen klobigen Ehering und denkt an die Kinder. Er war mal ein guter Vater, mal ein schlechter Vater, ein abwesender Vater, ein einsichtiger Vater. Ein Vater zu sein bedeutet, viele verschiedene Menschen zu sein; und er ist froh, dass seine Tochter wie sein Sohn am Ende begreifen werden, dass er eher der gute Vater ist, der einsichtige Vater, als das Gegenteil. Das Vatersein passt zu ihm, so wie das Rauchen, und er spürt diese Wahrheit in sich, als er wieder an der Chesterfield zieht. Ohne die Kinder gäbe es kein Schreiben, das ist genau wie mit den Zigaretten; ihre aufgeschürften Knie, die Baderituale und das Zubettgehen. Jetzt sind sie erwachsen, aber das hat nichts zu bedeuten, wenn der Vater stirbt. Dann ist jeder ein Kind.

Er legt die Zigarette auf die Tischkante, geht abermals ins Hotelzimmer und führt die Telefonschnur unter der Tür hindurch. Er hat noch nie von einem Hotelzimmer aus telefoniert, die Kosten waren so verboten hoch, dass er es nie auch nur erwogen hat. Normalerweise würde er eine der Zellen unten in der Lobby benutzen, aber jetzt liegt Geld auf der Kommode, und dies ist ein Anruf, für den er gerne zahlt.

Ray drückt auf die Ziffern, hält bei der mittleren inne und erinnert sich plötzlich voller Klarheit daran, dass es eine Acht ist. Es gibt eine kurze Pause, bevor der Anruf durchgestellt wird. Es klingelt zwei Mal, dann meldet sich eine Frauenstimme.

»Hi, Diane, hier ist Ray«, sagt er.

»Oh, hallo, Ray«, sagt Diane lächelnd. »Wie war's denn so? Habt ihr beide eine gute Zeit?«

»Es war super, Diane. Wir sind in so einer Minikapelle getraut worden, dann waren wir Steaks essen und sind Spielen gegangen. Tess ist über sechshundert im Plus.«

»Und dir geht's gut?« Diane wickelt die Telefonschnur um ihren kleinen Finger.

»Ging mir nie besser, Diane.« Er greift zu der Zigarette und zieht erneut daran.

»Aber immer noch am Rauchen. Kann ich hören.«

»Ist meine Allerletzte. Versprochen. Ist 'ne Chesterfield.«

»Und wie ist sie?«, fragt Diane. Sie hat vor zwei Jahren aufgehört und würde oft am liebsten wieder anfangen, wenn Ray in der Nähe ist.

»Wie im Himmel«, sagt er lachend. »Ist er da? Kannst du ihn mir geben? Ich möchte mit ihm sprechen.«

»Klar, Ray, ich hole ihn.« Sie legt die Hände über die Muschel. »Schatz!«, ruft sie. »Schnell, dein Vater ist am Telefon!«

***

Eine Frau näherte sich, steifbeinig und zielgerichtet marschierte sie über den Asphaltweg auf sie zu. Sie trug einen Dufflecoat über ihrer Uniform, und an der Art, wie sie mit den Armen pumpte, konnte man ihr den Unmut ansehen. Es war Diane.

»Sieht aus, als wären wir aufgeflogen«, sagte ich. »Diane ist hier. Wirf die Zigarette weg.«

»Nichts tu ich«, sagte Dad. »Scheiß drauf, ich rauche die jetzt zu Ende.«

Sein Grinsen entblößte seine Zähne und die Lücke neben dem linken Backenzahn. Angeblich wächst der Bart ja weiter, wenn man stirbt, die Nägel auch. Dad machte immer alles aus freien Stücken.

»Bitte!«, sagte ich, aber es war zu spät.

»Mr Peters. Rauchen Sie etwa gerade eine Zigarette?«, sagte Diane.

»Nein, einen Hamster«, entgegnete er.

Sie sah mich an und verdrehte die Augen, dann schaute sie auf Dad hinab.

»Und getrunken haben Sie auch, nicht wahr?«

»Nur aus dem tiefen Brunnen meines Lebens, meine wunderbare Florence Nightingale.«

»Das Krankenhaus verbietet seinen Patienten ...«

»Ach, sei leise, Alte. Ich rauch grad noch das kleine Bisschen auf, dann komm ich rein. Pfadfinderehrenwort.«

Sie sah mich entnervt an, ich zuckte nur mit den Schultern. Sie machte mir ein Zeichen, und ich ging mit ihr ein Stück zur Seite.

»Sie wissen, wenn Sie ihn noch mehr rauchen lassen, wird es ihn auf der Stelle umbringen«, sagte Diane. »Das meine ich ernst. Er hat noch eine Chance. Sie ist gering, aber sie ist da, ja?«

»Er hat mich darum gebeten. Und ich ...«

»Ich weiß, Lindsay«, sagte sie. »Ich weiß. Achten Sie bitte nur drauf, dass es seine Letzte ist, ja?«

Wir sahen zu ihm im Rollstuhl hinüber, mit schwacher Stimme summte er »Smoke On the Water«. Diane drückte meinen Arm.

»Alles in Ordnung? Kommen Sie klar?«

»Ja, ich komme klar.«

»Gut.«

Sie nickte und ging zurück zur Station. Ich setzte mich wieder auf die Bank.

»Wenn ich du wäre, mein Sohn«, sagte er, »würd ich versuchen, der an die Wäsche zu gehen. Weiß doch jeder, dass Krankenschwestern richtig geile Stücke sind.«

***

»Hallo Dad«, sagt Lindsay ins Telefon. Er trägt noch seinen Pyjama. Es ist später Vormittag, und der Geruch von Pfannkuchen hat es bis oben auf die Treppe geschafft. Er sitzt auf der Bettkante und reibt sich die Augen. Seit sie es wissen, hat er kaum geschlafen, kaum etwas anderes getan, als an seinen Vater zu denken, sein Vater, der nicht für alle Zeit da sein wird. Nicht mal mehr ein paar Jahre. Diane sagt ihm, er solle positiv denken, aber er kann dem Ganzen nichts Positives abgewinnen.

»Hallo Sohn, wie geht's?«

»Nicht gut, Dad. Und dir?«

»Besser, mein Sohn. Tess hat über sechshundert beim Zocken gewonnen. Sieht aus, als würde ich doch noch reich sterben.«

Ray zieht an seiner fast aufgerauchten Zigarette.

»Ist früh am Morgen hier in Reno. Wunderschön.«

»Reno ist doch ein Drecksloch, Dad.«

»Ich weiß, Lin. Ich weiß« – er bläst den Rauch aus –, »aber im Moment ist es der beste Ort der Welt. Ich hab eben gedacht, es wäre nur dann noch besser, wenn ihr alle unten im Speisesaal auf uns warten würdet. Ihr würdet alle warten, und ich käme mit Tess runter, und wir würden zusammen mit euch frühstücken. Wär das nicht super?«

»Hört sich gut an, Dad. Würde ich sehr gerne tun«, sagt Lindsay.

»Du kommst doch zu Besuch, oder?« Es folgt eine lange Pause. Lindsay weint in sich hinein, aber er will es seinen Vater nicht spüren lassen. Ray weint auch.

»Entweder nächste oder übernächste Woche. Hängt von der Schicht ab«, sagt er. Auf der Kommode neben dem Bett steht ein altes Schwarzweißfoto von seinen Eltern an ihrem Hochzeitstag, dazu ein Bild von seiner Mutter und eins von seinem Vater. Es ist schwer, ihn anzusehen und ihn gleichzeitig sprechen zu hören.

»Komm besser früher als später«, sagt Ray, zieht den Rauch ein und lässt ihn aus dem Mund quellen. »Ich möchte nicht gehen, ohne dich noch mal richtig gesehen zu haben.« Wieder eine Pause.

»Hör zu, mein Sohn, ich weiß, dass ich nicht immer ...«

»Hey, Dad«, sagt er. »Nicht jetzt. Das muss jetzt nicht sein.«

»Ich liebe dich, mein Sohn«, sagt er, und jetzt laufen ihm die Tränen übers Gesicht. Er kann sie auf der Zunge schmecken. In seinem tabakschweren Mund schmecken sie richtig.

»Ich hab es nicht oft genug gesagt im Leben, aber ich bin stolz auf dich, ich liebe dich, du bist ein ganz besonderer Mensch.«

Ray nimmt den letzten Zug von seiner endgültigen letzten Zigarette, dann schnippt er sie weg; der letzte Rauch kommt aus seiner Nase: der letzte Rauch von der endgültig letzten Zigarette.

»Du auch, Dad«, sagt Lindsay. »Du auch.«

***

Von der Bank aus sah ich, wie Diane durch die Doppeltüren zurückkam. In der nächsten Woche würden wir zusammen ausgehen; hoch zum *William IV* und dann vielleicht weiter zum Griechen oben auf der Lea Bridge Road. Am folgenden Donnerstag würde sie von der Onkologie zur Gynäkologie wechseln, wodurch sie nicht mehr das Gefühl hätte, eine Vorschrift zu verletzen.

»Du kommst mich doch wieder besuchen, oder?«, sagte Dad. Es gab eine lange Pause, dann nickte ich. Er sah auf die Zigarette und blies einen Rauchstrahl auf die Spitze.

Ich dachte an Diane, fragte mich, ob sie weniger zögerlich wäre, wenn Dad schon tot wäre. Ich trat in den Boden und wünschte mir, Gedanken wie diesen ebenso leicht verdrängen zu können.

»Komm besser früher als später«, sagte Dad, sog den Rauch ein und ließ ihn durch den Mund hinausquellen. »Würde sagen, du kriegst keinen großen Ärger, wenn du mich noch mal rausschiebst. Ich mein, mir geht's gut, also was soll's schon schaden, wenn ich noch eine Einzige quarze, hä? Was wissen diese beschissenen Ärzte überhaupt? Die können nicht mal richtig schreiben! Du müsstest mal ihre Klaue sehen, sieht aus wie Urdu oder so. Ist wahrscheinlich Urdu. Ist wahrscheinlich bald die offizielle Sprache in unserem Gesundheitswesen. Wie nennt man es, wenn ein Paki-Arzt und eine jüdische Schwester ...«

»Bitte Vater«, sagte ich. »Nicht jetzt. Das muss jetzt nicht sein. Wirklich nicht.«

»Weißt du was, mein Sohn«, sagte er mit seinem schiefen Grinsen, das seine Zähne entblößte. »Ich weiß, dass du dich um mich kümmerst und so, aber manchmal kannst du ein richtiges Arschloch sein, weißt du das? Eine richtige Nervensäge.«

Er nahm den letzten Zug seiner endgültig letzten Zigarette, dann schnippte er sie weg; der letzte Rauch kam aus seiner Nase: der letzte Rauch von der Zigarette, die vielleicht seine endgültig letzte gewesen war.

»Du auch, Dad«, sagte er. »Du auch.«

Danksagung

Ich bin verschiedenen Menschen dankbar, die mich beim Verfassen dieser Kurzgeschichtensammlung unterstützt haben. Andrew Kidd, der Fische wie Füchse schnitt und den Glauben behielt, wenn meiner schwand.

Kate Harvey, die diese Geschichten besser gemacht hat, als ich je hoffen konnte; Martin Bryant fürs Redigieren und allen Mitarbeitern von Picador und Pan Macmillan.

Ich danke für ihre Inspiration, ihre Hilfe und Vorschläge: Kirstie Addis, Lisa Baker, Nicholson Baker, Christine Bolland, Sarah Castleton, Emma Connelly, Andrew Gallix, Niven Govinden, Aidan Jackson, Peter Lavery, Paula McGoverny, David Mitchell, Chris Paling, Gavin Pilgrim, Lee Rourke, Jeremy Trevathan, Tim Thornton und Jeannette Walker.

Aravind Adiga, Wells Tower, David Vann und Evie Wyld danke ich für ihre Unterstützung und ihre freundlichen Worte.

Außerdem Salena Godden, Rachel Rayner und allen von Book Club Boutique.

Den Fans von Gary Alexander. Den ehemaligen Bewohnern der Hartington Road – Danke euch allen.

Rebecca Bream, Dave Stewart, Samuel Stewart, Daniel Fordham und Jude Rogers, Hyun Sook Shin, Juno Shepherd – meine Londoner Familie.

William Atkins für seine Weisheit und sein Verständnis, Guy Griffiths, weil er ein Genie ist, Nikesh Shukla, weil er ein Superheld ist.

Oliver Shepherd – bester Freund, erster Leser, Fels.

Gareth Evers – Bruder, Lehrer, rotes Tuch.

Meinen Eltern, Joyce und John Evers, danke ich für ihre be-
dingungslose Liebe und Unterstützung.
Tracy Murray – für alles.
Die Kurzgeschichten in dieser Sammlung sind Barry Abra-
ham gewidmet. Ich hoffe, er hätte sie ansatzweise interessant gefunden.